CHANSONS

NATIONALES

et autres,

PAR

F.-J. GIRARD.

Béranger, toi dont le génie
Immortalisa la chanson,
Après un trop long abandon,
Reprends ton luth, je t'en supplie.
(*Au Grillon de* M. de Béranger, p. 40.)

A PARIS,

Chez tous les marchands de Nouveautés,

& CHEZ L'AUTEUR, BOULEVARD DU TEMPLE, 17.

1848.

Au Profit de la République.

CHANSONS

NATIONALES.

PARIS. — IMPRIMERIE DE WITTERSHEIM,
Rue Montmorency, N° 8.

CHANSONS
NATIONALES

et autres

PAR F.-J. GIRARD.

Béranger, toi dont le génie
Immortalisa la chanson,
Après un trop long abandon,
Reprends ton luth, je t'en supplie.
(*Au Grillon* de M. DE BÉRANGER, p. 40.)

A PARIS

Chez tous les marchands de Nouveautés

& CHEZ L'AUTEUR, BOULEVARD DU TEMPLE, 17.

1848.

ET

Armand Marrast.

O vous dont les vertus civiques et privées sont trop connues pour que j'entreprenne de faire ici votre apologie :

Vous, **BÉRANGER**, qui avez éveillé ma muse ;

Vous, **MARRAST**, qui avez éveillé mon patriotisme ;

Daignerez-vous agréer l'hommage que je vous fais de mes premiers essais, et regarder avec indulgence les *Chansons nationales* de celui qui a toujours été, et qui ne cessera jamais d'être votre plus sincère admirateur?

F.-J. GIRARD.

AU LECTEUR.

Admirateur enthousiaste de Béranger, je l'ai lu et relu vingt fois, et toujours j'ai découvert dans ses Chansons, dont beaucoup pourraient être appelées des Odes, de nouvelles beautés, de nouveaux traits d'esprit qui m'avaient échappé à une première lecture. Je me suis tellement identifié avec notre inimitable poëte, que je pourrais dire que je possède mon Béranger comme un légiste possède son Code.

Mais comment, dira-t-on, quand on a lu Béranger et qu'on sait l'apprécier, peut-on tenter d'entrer dans une carrière où, jusqu'à ce jour, il a laissé ses rivaux si loin derrière lui? A cela, je répondrai que *l'Amour de la Patrie, les Jeux, les Ris, Bacchus, l'Amour*, etc., sont du domaine de tout le monde, et j'ai pensé que dans ce vaste champ, où tant d'autres ont moissonné avant moi, je pourrais encore trouver quelques épis à glaner.

Quoi qu'il en soit, je dois confesser ici que c'est dans mon admiration pour notre immortel chansonnier que j'ai puisé le désir de tenter quelques essais. Ai-je trop présumé de mes forces? C'est ce dont le lecteur sera juge.

F.-J. GIRARD.

Paris, 20 avril 1848.

INTRODUCTION.

ENCORE UNE PROPHÉTIE ACCOMPLIE.

Air des *Trois Couleurs*.

O Béranger, toujours tu fus prophète;
Jamais en vain tu n'élevas la voix,
Et récemment tu prédis la tempête
Où vont bientôt s'abîmer tous les rois.
De tous côtés ils cherchent un refuge
Pour reposer leurs membres fatigués;
Il est trop tard : dans ce vaste déluge,
Ces pauvres rois (*bis*), les voilà tous noyés.

Tu leur disais : « Les hommes sont vos frères,
« Ah ! gardez-vous de l'oublier jamais !
« N'augmentez pas encore les misères
« De ceux que Dieu vous donna pour sujets.
« Accordez-leur une liberté sage,
« Ou redoutez d'être un jour débordés. »
Pour n'avoir pas écouté ce langage,
Ces pauvres rois, les voilà tous noyés.

Tu leur disais : « Entendez-vous l'orage?
« Il gronde au loin ; les vents sont en courroux.
« Abritez-vous, ou craignez que leur rage
« Dans l'Océan ne vous entraîne tous.
« Des nations brisez enfin les chaînes,
« Il en est temps, les peuples sont ligués. »
C'était bien dit, mais tu perdais tes peines :
Ces pauvres rois, les voilà tous noyés.

Tu leur disais : « Potentats de la terre,
« Ah ! devancez les arrêts du destin ;
« N'attendez pas que le peuple en colère,
« Malgré vous prenne une place au festin. »
Sourds à ta voix sublime et prophétique,
Ils n'ont pas cru ces dures vérités ;
Et maintenant, par un pouvoir magique,
Ces pauvres rois, les voilà tous noyés.

— XI —

Toi qui jadis célébras notre gloire
En traits de feu, dans tes vers enchanteurs,
Chante en ce jour l'immortelle victoire
Du peuple-roi contre ses oppresseurs.
Dis que d'un souffle il réduisit en poudre
Tous les tyrans contre lui conjurés ;
Dis que sur eux il a lancé sa foudre,
Et qu'à jamais tous les rois sont noyés.

LE VOEU DE LA POLOGNE.

1842.

(Voyez p. 5.)

Procédés de Tantenstein et Cordel, 90, rue de la Harpe.

Ovide Laurent.

CHANSONS NATIONALES

et autres.

LES ENFANTS DE PARIS.

Février 1848.

Air de *la Marseillaise.*

Entendez-vous ces cris d'alarmes?
De tous côtés ils sont partis
Ces cris de : citoyens, aux armes!...
Aux armes, enfants de Paris! (*bis.*)
Venez défendre la Patrie,
Venez chasser les oppresseurs ;
Accourez, braves défenseurs,
Et que tout citoyen s'écrie :

Aux armes, citoyens, citoyens de Paris ;
Soyons unis,
Braves Français, répondez à ces cris!

Venez, venez, nobles Écoles,
Mêlez votre voix à nos cris.
Répétez ces fières paroles :
Aux armes, enfants de Paris !...
On ne doit épargner personne !...
Écoutez le bruit des canons !...
En avant !... marchons... oui... marchons !...
Entendez-vous ?... Le tocsin sonne !...

Aux armes, citoyens, citoyens de Paris ;
Soyons unis,
Braves Français, répondez à ces cris !

Exterminons la tyrannie !...
Que tout citoyen soit soldat !
Bannissons la race ennemie
Qui nous défiait au combat...
Pour les tyrans plus d'espérance...
Chassons-les sans aucun remords.
Puis après relevons nos morts
En chantant tous : Vive la France !

Aux armes, citoyens, citoyens de Paris ;
Soyons unis,
Braves Français, répondez à ces cris !

Si des légions étrangères
Menaçaient notre beau pays,
Courons, volons à nos frontières,
Et faisons entendre ces cris :

Soyons unis, frères !... courage !
Nous venons en libérateurs ;
Voyez en nous vos défenseurs !...
Et secouez votre esclavage !

Aux armes, citoyens, citoyens de Paris ;
Soyons unis,
Braves Français, répondez à ces cris !

LOUVRE ET BASTILLE.

1840.

Air de *la Colonne.*

Restes sacrés, martyrs de la Patrie,
Réveillez-vous en ce jour solennel ;
Prêtez l'oreille à la voix qui vous crie :
« Venez jouir du repos éternel !... (*bis.*)
« Le Peuple-Roi devient votre famille,
« Il s'agenouille, il implore les dieux
« En leur disant : Ouvrez les cieux :
« Ils ont vaincu Louvre et Bastille !... » (*ter.*)

« Venez, venez, pour vous la tombe s'ouvre,
« Apôtres saints de notre Liberté ;

« Après dix ans, de la Halle et du Louvre,
« Allez enfin à la Postérité !... »
Le feu sacré, qui tristement petille,
Redit au monde : « Ils ont brisé les fers
« Qui pesaient sur tout l'univers,
« Quand ils ont pris Louvre et Bastille !... »

Si le Génie a déployé ses ailes,
C'est pour porter votre âme aux régions
Où vont enfin les âmes immortelles
Que Dieu reçoit parmi ses légions.
Dans la cité qui d'un pur éclat brille,
Ces jeunes preux ont conquis le caveau
Que nous leur donnons pour tombeau
Quand ils ont pris Louvre et Bastille !...

Sur ce caveau s'élève une colonne
Dont le sommet porte la Liberté ;
Elle s'envole et parfois tourbillonne
Pour annoncer partout l'Égalité !
La Liberté sagement éparpille
Sur son passage un grain générateur
D'où germera notre bonheur...
Vainqueurs de Louvre et de Bastille !...

De tes martyrs, noble France, sois fière ;
Ils ont crié : « *Grâce pour les vaincus!* »
Soldats, bourgeois, respectant leur prière,
Tendaient les mains aux Suisses abattus.

Nobles héros, votre humanité brille...
Le peuple un jour goûtera les bienfaits
Qu'enfanteront tous vos hauts faits,
Vainqueurs de Louvre et de Bastille !...

Dormez, vainqueurs, sur vous la France veille.
Puisse votre ombre encor nous protéger
Contre les rois vains et méchants la veille,
Et si petits au moment du danger !
Restes sacrés, votre étoile scintille
Comme le phare immense et radieux
Qui brillait au dôme des cieux,
Quand vous prîtes Louvre et Bastille !...

LE VOEU DE LA POLOGNE.

1842.

AIR nouveau.

De la Pologne, ô noble France !
Pays d'honneur et d'équité,
Pays de gloire et de vaillance,
Sauve, sauve la Liberté !...
O toi qui rends l'âme si fière,
Entends cette sainte prière :

Par humanité
Pour l'Égalité,
Prête ton secours à notre Liberté,
France qui nous fus chère!...

De nos héros, peuple de braves,
Vois la douleur, entends les cris;
Vois du Nord les hordes esclaves
Tyranniser notre pays...
O toi qui rends l'âme si fière,
Entends cette sainte prière :

Par humanité
Pour l'Égalité,
Prête ton secours à notre liberté,
France qui nous fus chère !...

Verras-tu, France magnanime,
Égorger nos fils, nos époux,
Non, non, l'horreur d'un si grand crime
Éveillera tout ton courroux.
O toi qui rends l'âme si fière,
Entends cette sainte prière :

Par humanité
Pour l'Égalité,
Prête ton secours à notre liberté,
France qui nous fus chère!...

Jadis, sur tes champs de bataille,
On nous voyait au premier rang

Braver le fer et la mitraille
Et pour toi verser notre sang !
O toi qui rends l'âme si fière,
Entends, hélas ! notre prière :

Par humanité
Pour l'Égalité,
Prête ton secours à notre Liberté,
France qui nous fus chère !...

Oh ! secours-nous, et la victoire
Renversera tous les tyrans.
A nous l'honneur, à toi la gloire
De rendre libres nos enfants !...
O toi qui rends l'âme si fière,
Entendras-tu cette prière :

Par humanité
Pour l'Égalité,
Prête ton secours à notre Liberté,
France qui nous fus chère !...

Réponds, réponds, France chérie !
Ah ! viens seconder nos efforts,
Viens délivrer notre Patrie,
Viens remplacer nos guerriers morts !
O toi qui rends l'âme si fière,
Nous t'adressons cette prière :

Par humanité
Pour l'Égalité,

Prête ton secours à notre Liberté,
France qui nous fus chère!...

Sans ton secours, plus d'espérance!...
Dieu des Martyrs, veille sur nous...
Mets un terme à notre souffrance,
Ou fais-nous vaincre ou mourir tous!...
O toi qui rends l'âme si fière,
Entends enfin notre prière :

Par humanité
Pour l'Égalité,
Nous saurons mourir pour notre Liberté,
France qui nous fus chère.

PROMESSES

AVANT 1830.

AIR : *Il était un roi d'Yvetot.*

Si quelque jour je deviens roi,
Car j'en ai l'espérance,
J'offre *ma fortune*, ma foi
Pour le *bien* de la France.
Pour *gouverner*, je ne veux rien :
Je me servirai de mon *bien*,
Fort bien

Si je vous plais à ce prix-là,
Dites deux mots, et me voilà,
La, la.

Je ne suis pas ambitieux :
La paix fera ma gloire.
Sans guerre on peut bien vivre heureux,
Je l'ai lu dans l'histoire.
Je réduirai si bien l'impôt,
Que l'on mettra la poule au pot
Bientôt.

Si je vous plais à ce prix-là,
Dites deux mots, et me voilà,
La, la.

Avec ma Charte-Vérité
Qui craint peu la satire,
Chacun aura la liberté
De parler et d'écrire.
Je jure aussi de bon aloi
De respecter, si je suis roi,
La loi.

Si je vous plais à ce prix-là,
Dites deux mots, et me voilà,
La, la.

Pour mettre un terme à tes malheurs,
O France qui m'es chère,
Je te ferai voir *les couleurs*

Qui te rendaient si fière.
Braves Français, soyez imbus
Que jamais on ne verra *plus*
D'abus.

Si je vous plais à ce prix-là,
Dites deux mots, et me voilà,
La, la.

LA DOTATION

OU

DISCOURS DU ROI A LA CHAMBRE DES DÉPUTÉS.

1833.

AIR : *A soixante ans.*

Peuple français, je gouverne l'empire
D'après la charte, et d'après votre choix.
J'ai tout quitté, l'on a dû vous le dire,
Pour remplacer un de vos anciens rois. (*bis.*)
Vous le savez, j'ai gardé ma fortune.
Pour élever mes huit petits marmots : (*bis.*)
Les voilà grands... Et Nemours m'importune...
Pour son hymen...— Faites-lui des cadeaux. (*ter.*)

Ce cher enfant a le goût fort modeste;
Il mange peu... c'est un très-bon sujet;
Il est bien fait... il promet d'être leste.
De d'Orléans c'est le frère cadet.
Pour que bientôt il se mette en ménage,
Il lui faudrait un petit million.
En attendant un plus riche apanage,
Il recevra cette dotation.

Ce cher enfant aura de la famille
Vous le saurez, je vous le promets bien,
Elle sera, s'il plaît à Dieu, gentille,
Vous l'aiderez pour qu'il n'y manque rien.
Braves Français, offrez pour votre gloire
A mon Nemours un fort joli cadeau,
Et promettez à sa belle Victoire
Pour chaque enfant un très-riche trousseau.

Voilà, messieurs, ce que j'avais à dire :
Vous offrirez ces petits cadeaux-là...
Mais à mon nez, comment, vous osez rire
Lorsque je dis : « *Saxe - Cobourg - Gotha.* »
J'ai bien prouvé le cas d'insuffisance...
Me refuser... ce serait bien vilain :
Il faudrait être... ah ! c'est sans médisance...
Un Jacobin... ou bien un Cormenin.

Si vous dotez ce joli petit drôle,
Vous doterez tous mes autres petits,

La France heureuse émargera ce rôle
Sans pour cela demander des crédits.
Je rends la France et trop libre et trop fière...
Je vous le dis, et c'est sans passion...
J'ai compromis ma liberté si chère
Pour le bonheur de cette nation.

MONSIEUR CHOSE.

1840.

Air de *Malbrough.*

Pour consoler la terre,
Mironton, mironton, mirontaine,
Pour consoler la terre,
Ne guerroyons jamais. (*ter.*)

J'ai trop peur de la guerre,
Mironton, mironton, mirontaine,
J'ai trop peur de la guerre,
Et ça fait trop de bruit.

Puis la gloire s'envole,
Mironton, mironton, mirontaine,
Puis la gloire s'envole,
Et trouble le repos.

J'aimais la République,
Mironton, mironton, mirontaine,
J'aimais la République,
Quand j'étais tout petit.

Je combattis pour elle,
Mironton, mironton, mirontaine,
Je combattis pour elle :
Je ne le ferai plus.

Jeune, j'aimais la gloire,
Mironton, mironton, mirontaine,
Jeune, j'aimais la gloire ;
Vieux, j'aime les écus.

Dans un moment d'ivresse,
Mironton, mironton, mirontaine,
Dans un moment d'ivresse,
Je vous promis beaucoup.

Prenez donc patience,
Mironton, mironton, mirontaine,
Prenez donc patience,
Vous en avez besoin.

La Liberté va naître,
Mironton, mironton, mirontaine,
La Liberté va naître,
Attendez-la demain.

D'une Liberté sage,
Mironton, mironton, mirontaine,
D'une Liberté sage
Je vous ferai cadeau.

J'en prépare une belle,
Mironton, mironton, mirontaine,
J'en prépare une belle,
Qui vous étonnera.

Si je vous tiens parole,
Mironton, mironton, mirontaine,
Si je vous tiens parole,
Vous le verrez plus tard.

Ah ! de la médisance,
Mironton, mironton, mirontaine,
Ah ! de la médisance,
Méprisez les propos.

Le *bien* de ma Patrie,
Mironton, mironton, mirontaine,
Le *bien* de ma Patrie,
Est tout ce que je veux.

Après moi, s'il en reste,
Mironton, mironton, mirontaine,
Après moi, s'il en reste,
On vous en donnera.

A BÉRANGER[1].

1840.

Air connu.

O Béranger, les doux sons de ta lyre
Ont de ma muse inspiré les accents;
Excuse-la si sa verve en délire
Ose t'offrir ce faible grain d'encens!
Que ne peut-elle, imitant ton génie,
Chanter les arts, la gloire et les amours!
Elle oserait, quoique sans harmonie,
Chanter les ris, la paix et les beaux jours. } (bis.)

Toi qui chantas l'amour de la Patrie
Pour consoler nos guerriers abattus,
Entends la voix qui sans cesse te crie :
Barde chéri, quoi! tu ne chantes plus!
Reprends ton luth pour dissiper l'orage
Que nous voyons surgir à l'horizon.
O Béranger, nous louons le courage
Qui te faisait chanter, même en prison.

(1) Cette chanson et la suivante ont été envoyées à notre illustre chansonnier, qui, selon son habitude en pareille circonstance, m'a honoré d'une bienveillante réponse où l'on voit briller tout son patriotisme; je l'en remercie mille fois : je la conserverai précieusement.

Barde chéri, toi dont le doux langage
Nous consola de tant d'affreux revers,
Dis-nous pourquoi dans un vil esclavage
Nous fléchissons sous le poids de nos fers.
Aiguise encor les traits de ta satire,
Et lance-les sur nos grands si petits,
Qui nous rendront, je frémis de le dire,
Aussi petits que leurs petits esprits.

Noble soutien de la France asservie,
Vengeur des droits du Peuple-Souverain,
Puisses-tu vivre autant que ton génie
Adoucira les maux du genre humain !
O toi qui sus, d'une plume sévère,
Stigmatiser les sots et les méchants,
Ah ! fronde encor l'imbécile colère
Des faux dévots qui redoutent tes chants.

O Béranger, les Peuples de la terre
Te béniront aux cris de Liberté ;
Ils rediront comme toi : *Plus de guerre!...*
Vivons unis!.. aimons l'Égalité!...
L'amour des lois, en chassant la discorde,
Fera fleurir et les arts et la paix;
La Liberté, ramenant la Concorde,
Reparaîtra plus grande que jamais!

LA GAITÉ DE BÉRANGER

RETROUVÉE ET RAMENÉE A SON LOGIS.

Février 1848.

Air nouveau de F. Bérat.

De ta gaîté sois sans peine,
Vis plus heureux qu'autrefois,
Toi qui méconnus la haine
Même en défendant nos droits.
Ta gaîté nous fut offerte,
Et chacun de ton esprit
Tour à tour fit son profit.
Ne te plains plus de ta perte :
Le Peuple te la rendra,
Et puis t'en consolera.

De ta gaîté la mémoire
Rendra nos enfants joyeux ;
Ils jouiront de ta gloire
En bénissant leurs aïeux.
De cette humeur égrillarde
Dieu te fit si belle part,
Que le Peuple, sans retard,
La prit sous sa sauvegarde.

Le Peuple te la rendra,
Et puis t'en consolera.

En célébrant la victoire
Qui vingt ans fut sans repos,
Ta gaîté traçait l'histoire
De nos illustres héros!...
Malgré le fracas des armes,
Ta muse chantait toujours
Notre gloire et nos amours.
Tes chants avaient tant de charmes!
Le Peuple te la rendra,
Et puis t'en consolea.

Ta gaîté vive et féconde,
Malgré censure et verroux,
Fait encor le tour du monde,
Et brise tous les écroux.
Les rois, en rivant tes chaînes,
Ne sentaient pas ce malheur;
S'ils avaient connu ton cœur,
Ils auraient eu moins de peines.
Le Peuple te la rendra,
Et puis t'en consolera.

Cette gaîté lumineuse
Éclaira notre horizon;
Aussi juste que railleuse,
Elle brillait en prison.
Elle sut sécher les larmes

Du magnanime guerrier
Qui vit flétrir le laurier,
Conquis par ses nobles armes.
Le Peuple te le rendra,
Et puis t'en consolera.

Ta gaîté, noble prophète,
Nous a prédit bien des fois
Que nous verrions la défaite
« *De tant d'inutiles rois.* »
Aujourd'hui ta prophétie,
Vient de se réaliser ;
Car tu n'as pu corriger
Leur vaine forfanterie,
Le Peuple te la rendra,
Et t'en récompensera.

L'AMOUR.

AIR : *Les gueux, les gueux.*

L'amour, l'amour
Nous rend chaque jour
Heureux tour à tour.
Vive l'amour !

Quand l'amour lance une flèche,
Son point de mire est le cœur;
Certain d'y faire une brèche,
Il sourit d'un air moqueur.

L'amour, l'amour
Nous rend chaque jour
Heureux tour à tour.
Vive l'amour!

L'amour charme la jeunesse,
Il fait naître les plaisirs,
Il ranime la vieillesse
Et ravive les désirs.

L'amour, l'amour
Nous rend chaque jour
Heureux tour à tour.
Vive l'amour!

Il méprise la richesse,
Il se rit de la grandeur;
Il préfère une caresse
Qui fait palpiter son cœur.

L'amour, l'amour
Nous rend chaque jour
Heureux tour à tour.
Vive l'amour!

Il abuse de ses charmes,
Car il a dans son carquois

Toujours de nouvelles armes
Pour blesser les plus adroits.

L'amour, l'amour
Nous rend chaque jour
Heureux tour à tour.
Vive l'amour !

Avec plaisir il s'applique
Sans cesse à river nos fers,
Et son pouvoir despotique
S'étend sur tout l'univers.

L'amour, l'amour
Nous rend chaque jour
Heureux tour à tour.
Vive l'amour !

L'amour se rit de la peine,
Il se rit même de nous.
Comme lui soyons sans gêne,
Comme lui faisons les fous.

L'amour, l'amour
Nous rend chaque jour
Heureux tour à tour.
Vive l'amour !

Il naquit d'une déesse
Qui fut cause que les dieux
Se disputèrent sans cesse
Le pouvoir de ses beaux yeux.

L'amour, l'amour
Nous rend chaque jour
Heureux tour à tour.
Vive l'amour !

L'amant près de sa maîtresse
Lui jure fidélité ;
Mais dans l'ardeur qui le presse
Il rêve une autre beauté.

L'amour, l'amour
Nous rend chaque jour
Heureux tour à tour.
Vive l'amour !

Sous la pourpre, sous la bure,
L'amour prélève ses droits ;
Tout enfin, dans la nature,
Vient se ranger sous ses lois.

L'amour, l'amour
Nous rend chaque jour
Heureux tour à tour.
Vive l'amour !

LES CHANSONS DE BÉRANGER

FAITES POUR MES ENFANTS.

Air : *A soixante ans.*

Petit papa, c'est aujourd'hui dimanche :
De Béranger, chante-nous les refrains,
Ils sont si gais, leur allure est si franche
Qu'ils chasseront tes ennuis, tes chagrins. (*bis.*)
De notre empire il peint si bien l'histoire,
En traits si fins dans ses nobles récits, (*bis.*)
Qu'on voit rouler le char de la Victoire
Portant de Mars la gloire en tous pays. (*ter.*)

Chante nous donc, chante *la Vivandière*
Qui ranima nos braves tant de fois ;
Ah ! quel bon cœur ! Son âme noble et fière
A consolé les soldats et les rois !
Rien ne lassa son courage et son zèle ;
Elle suivit sans cesse nos héros,
Puis disparut quand la gloire infidèle
Abandonna notre aigle et nos drapeaux.

Ah ! chante encor, chante *la Fée Urgande*
Qui répandait sagement ses bienfaits ;
Il nous la peint d'une bonté si grande,
Qu'il serait doux de connaître ses traits.
Ah ! si jamais nous la voyons sur terre,
Nous lui dirons : De grâce, ah ! laissez-nous
Votre baguette avec son doux mystère,
Pour éloigner les méchants de chez nous.

Ah ! chante aussi cette belle *Lisette*
Qui l'égaya tant de fois en prison ;
Il aima tant cette noble grisette
Quelle égara bien souvent sa raison.
Dans un grenier en narguant la misère,
Il célébrait l'amour d'un ton grivois.
Au cliquetis joyeux de chaque verre,
Riche d'amour, il défiait les rois.

Ah ! chante enfin, chante-nous *la Grand'Mère,*
Qui du grand homme a séché les habits ;
La bonne vieille a dû se trouver fière
De lui servir et piquette et pain bis :
De nos malheurs elle redit l'histoire,
Aux villageois qui répètent ces mots :
Honte aux Anglais, jaloux de notre gloire,
Qui sur un roc ont tué le héros !

MA RÊVERIE.

AIR : *Ce magistrat irréprochable.*

Dans une douce rêverie,
Au milieu d'un joyeux festin
Où je savourais l'ambroisie,
Tout souriait à mon destin. (*bis.*)
Là, mon âme était immortelle;
Mais tout s'enfuit avec le jour.
Hélas ! je dis : Prions, ma belle,
Que Dieu (*bis*) protége notre amour.

Le jour a dissipé mon rêve;
Adieu, charmantes visions,
L'homme ici-bas n'a plus de trêve,
Il ne vit que d'illusions.
Ah ! puisque notre âme mortelle
S'éteint sans espoir de retour...
Hélas ! je dis : Prions, ma belle,
Que Dieu protége notre amour.

Pour immortaliser ta vie,
Que n'ai-je le pouvoir des dieux !
Tous les trésors que l'homme envie
Seraient ton partage en ces lieux.

Notre amitié toujours nouvelle
Irait croissant de jour en jour ;
Pour ce bonheur prions, ma belle,
Que Dieu protége notre amour.

Si le temps se plaît à détruire
Les trônes et les nations,
La nature aime à reproduire
Les hommes et leurs passions.
Sur la terre tout nous rappelle
Qu'il faudra quitter ce séjour ;
En attendant, prions, ma belle,
Que Dieu protége notre amour.

QUATRE-VINGT-NEUF.

AIR :

Quatre-vingt-neuf, nouvelle ère de gloire,
Tu fis crouler la féodalité,
Tu fis rouler notre char de victoire
Sur les débris de l'inégalité.
Sur ces débris soudain tu fis paraître
L'Égalité, qui tenait par la main
La Liberté, que tu faisais renaître
Pour soulager les maux du genre humain !

LES SAISONS.

AIR de *Robin des Bois*.

Ce n'est qu'au printemps
Que nous voyons éclore
Les présents que Flore
Prodigue aux champs. } (*bis.*)
Quand l'été ramène
Fruits de cent façons,
On voit dans la plaine
Mûrir les moissons.
Allons, du courage,
Se dit l'homme sage;
Voilà de l'ouvrage,
Occupons nos bras.

CHŒUR.

Yo oh ! tra la la la la, la la la, etc.

Goûtons le doux jus
Des beaux fruits que Pomone
Offre dans l'automne
Au Dieu Bacchus.
Quand l'hiver arrive,
Qu'un joyeux repas
Egaye et ravive
Le monde ici-bas :

Buvons à plein verre
Champagne et Madère,
Et puis laissons faire
Tout ce qu'on voudra.

CHŒUR.

Yo oh ! tra, la la la la, la la la, etc.

CONFESSION DE LA GRAND'MÈRE.

Air : *En revenant de Bâle en Suisse.*

Mes chers enfants, votre grand'mère,
Avec son air candide et doux,
S'amusait presque sans mystère
Au nez de son crédule époux.

Ah ! que de conquêtes
Elle sut garder,
Et combien de têtes
Elle fit tourner ! } (*bis.*

Elle eut le cœur facile et tendre,
Au point qu'on disait autrefois
Qu'elle fit, sans compter Léandre,
Plus de dix heureux à la fois.

Ah ! que de conquêtes
Elle sut garder,
Et combien de têtes
Elle fit tourner !

Combien de fois votre grand'mère
Oublia, quand vous fûtes grands,
Le nom du véritable père
Que Dieu vous donna, chers enfants !

Ah ! que de conquêtes
Elle sut garder,
Et combien de têtes
Elle fit tourner !

Bannissant la mélancolie,
Et pour bien employer ses jours,
Elle mena joyeuse vie
Au sein des plaisirs, des amours.

Ah ! que de conquêtes
Elle sut garder,
Et combien de têtes
Elle fit tourner !

On dit même que la grand'mère
Épousa tous vos grands-papas,
Sans maire, curé ni notaire
A la fin d'un joyeux repas.

Ah ! que de conquêtes
Elle sut garder,

Et combien de têtes
Elle fit tourner !

Quand elle eut besoin de l'Église,
Le prêtre qui la confessa
Fut étonné de la franchise
Qu'elle eut en lui contant cela.

Ah ! que de conquêtes
Elle sut garder,
Et combien de têtes
Elle fit tourner !

Plus de soixante ans cette flamme
Brilla selon tous ses désirs.
Mais, las ! elle sentit son âme
S'éteindre au milieu des plaisirs.

Ah ! que de conquêtes
Elle sut garder,
Et combien de têtes
Elle fit tourner !

PENSÉE.

Un trou vaut mieux à son habit
Qu'une tache à sa conscience.

L'AMOUREUX

COMME IL Y EN A TANT.

AIR : *Plan, plan, plan, plan.*

Dans sa folle ivresse,
L'amant bien heureux
Offre à sa maîtresse
Son cœur amoureux.
Il ment, il ment
Joliment.
Comme il ment !
Il ment, il ment
Joliment.

Il jure à sa belle,
La nuit et le jour,
Qu'il n'aimera qu'elle
D'un brûlant amour.
Il ment, il ment
Joliment.
Comme il ment !
Il ment, il ment
Joliment

Il dit à sa mie :
« Donne-moi ton cœur :
« Et toute ma vie
« J'aurai même ardeur. »

Il ment, il ment
Joliment.
Comme il ment!
Il ment, il ment
Joliment.

« Jamais de colère,
« De soupçons jaloux.
« Je serai sincère
« Et fidèle et doux. »

Il ment, il ment
Joliment.
Comme il ment!
Il ment, il ment
Joliment.

Quand sa vive flamme
L'invite au plaisir,
Il dit que son âme
N'a qu'un seul désir.

Il ment, il ment
Joliment.
Comme il ment!
Il ment, il ment
Joliment

A chaque maîtresse,
De nouveaux discours
Peignent sa tendresse,
Ses vœux, ses amours.

Il ment, il ment
Joliment.
Comme il ment !
Il ment, il ment
Joliment.

SABINE.

AIR : *de Castibelza.*

Vous qui jadis avez connu Sabine,
Sabine, ici,
Savait charmer l'homme à la carabine,
Chantant ceci :
« Castibelza, je serai ta compagne
« Au mont Falou ;
« Je t'aimerai comme on aime en Espagne,
« D'un amour fou. (*bis.*)

« Je te promets, sur la croix de Tolède,
« Sur son saint noir,

« D'aller mourir, si mon cœur au roi cède,
« Dans ce manoir.
« Emmène-moi, jusque dans l'Allemagne,
« Même à Moscou,
« Je t'aimerai partout, comme en Espagne,
« D'un amour fou. »

Elle disait : « Ta compagne fidèle,
« Le cœur en feu,
« Pour t'adorer, pour te plaire, être belle,
« Pour plaire un peu...
« Pour que l'ennui jamais ici ne gagne
« Le mont Falou,
« Je t'aimerai comme on aime en Espagne,
« D'un amour fou. »

Il répondait : « Ma gentille colombe,
« Peut-être un jour
« J'affronterai pour toi jusqu'à la tombe
« Pour tant d'amour.
« Ne trahis pas l'homme de la montagne,
« Charmant bijou !...
« Je t'aimerai comme on aime en Espagne,
« D'un amour fou. »

ÉLOGE DE DÉSAUGIERS.

AIR : *C'est l'amour, l'amour*

Désaugiers fut le modèle
Des francs amis de la gaîté ;
Aux bons vins comme il fut fidèle,
Il fut fidèle à la beauté.
Il fut comme Érigone,
L'ami de ce doux jus
Qui rend l'âme si bonne,
Et qu'on doit à Bacchus.

Chantons, amis, sa gaîté
Que le monde
Vante à la ronde,
Et disons que sa bonté
Surpassait sa gaîté.

Animant du feu de son âme
Les chants joyeux qu'il composait,
Il faisait petiller la flamme
Dans les vers qu'il improvisait.
Les doux sons de sa lyre
Se mêlaient à sa voix,
Et mettaient en délire
Les peuples et les rois.

Chantons, amis, sa gaîté,
Que le monde
Vante à la ronde,
Et disons que sa bonté
Surpassait sa gaîté.

Ce brave roi de la goguette,
Qui n'a connu que des amis,
Sut régner par la chansonnette,
Libre de cœur et sans soucis.
Plein de philanthropie,
Il ne conserva rien ;
Il sut toute sa vie
Faire aux autres du bien.

Chantons, amis, sa gaîté,
Que le monde
Vante à la ronde
Et disons que sa bonté
Surpassait sa gaîté.

Ce fondateur du Vaudeville
Bien des fois, avec ses grelots,
Sut charmer la cour et la ville
Par ses couplets, par ses bons mots.
Pour bannir la tristesse,
Chasser les noirs chagrins,
Chacun, dans la détresse,
Répétait ses refrains.

Chantons, amis, sa gaîté,
Que le monde
Vante à la ronde,
Et disons que sa bonté
Surpassait sa gaîté.

Dans sa noble désinvolture,
Qu'il était grand ! qu'il était beau !...
C'était l'ami de la nature
Qui s'éclairait de son flambeau.
Quand il touchait sa lyre,
C'était Anacréon,
Qui se pâmait de rire
Au bruit de sa chanson.

Chantons, amis, sa gaîté,
Que le monde
Vante à la ronde,
Et disons que sa bonté
Surpassait sa gaîté.

Quand il vit arriver la Parque,
Il dit : « Puis-je payer Caron ?
« Que faut-il pour louer sa barque,
« Afin de passer l'Achéron ?
« J'entrevois l'Élysée !...
« Serai-je bien reçu ?
« L'entrée est-elle aisée
« Quand on a bien vécu ?.. »

Chantons, amis, sa gaîté,
Que le monde
Vante à la ronde,
Et disons que sa bonté
Surpassait sa gaîté.

L'OPTIMISTE.

Air de *la Treille de sincérité*.

Dans cette vie
Où tout varie,
Où les plaisirs sont inconstants,
Amis, profitons des instants. (*bis.*)

A quoi nous sert, dans ce bas monde,
De tant nous fatiguer l'esprit
Pour savoir si la terre est ronde
Ou si le carré la décrit? (*bis.*)
Nos savants, pour ce grand problème,
Se sont épuisé le cerveau.
Amis, ne faisons pas de même :
Mieux vaut épuiser un caveau.

Dans cette vie
Où tout varie,

Où les plaisirs sont inconstants,
Amis, profitons des instants.

Peut-on savoir, sur cette terre,
Qui des deux est le plus heureux,
Du riche au bonheur éphémère
Ou de l'indigent vertueux?
A quoi peut servir la richesse?
Seule fait-elle le bonheur?...
Puisqu'il faut désirer sans cesse,
Ah! désirons la paix du cœur.

Dans cette vie
Où tout varie,
Où les plaisirs sont inconstants,
Amis, profitons des instants.

Que la terre soit ronde ou plate,
Riche ou pauvre, il faut la quitter;
Sans que notre douleur éclate,
Dans la barque il faudra monter.
Puisque la vie est un voyage,
Tâchons d'en égayer le cours,
Et fixons, pendant le bel âge,
Près de nous les ris, les amours.

Dans cette vie
Où tout varie,
Où les plaisirs sont inconstants,
Amis, profitons des instants.

SUPPLIQUE

AU

GRILLON DE M. DE BÉRANGER (1).

1847.

AIR de *Jacques*.

INVITATION.

Béranger, toi dont le génie
Immortalisa la chanson,
Après un trop long abandon,
Reprends ton luth, je t'en supplie.
O Béranger, prends donc souci
Des maux que nous souffrons ici.

Puisque ta muse sans pareille
T'inspire des accords si doux,
Le lendemain répète-nous
Ce qu'elle t'aura dit la veille.
O Béranger, prends donc souci
Des maux que nous souffrons ici.

Ici, pour que mon vœu s'explique,
Permettras-tu que sur tes pas

(1) Cette chanson a été envoyée à notre illustre poëte.

J'adresse (ne t'en fâche pas)
A ton Grillon une supplique,
Afin qu'il prenne un peu souci
Des maux que nous souffrons ici.

SUPPLIQUE.

Tout gentil, quoique hétéroclite,
Petit lutin, si bien caché,
Souffle donc *un bien gros péché*
A notre inimitable ermite.
Petit grillon, prends donc souci
Des maux que nous souffrons ici.

Quoi que tu sois, ou sylphe ou page
D'un grand que l'on voit au pouvoir,
S'il n'y fait pas bien son devoir,
Pour l'effrayer fais grand tapage.
Petit Grillon, prends donc souci
Des maux que nous souffrons ici.

Petit Grillon, ta simple histoire
Montre ici cette vérité :
« Point de bonheur sans liberté !...
« Pour bien l'aimer, il faut y croire. »
Petit Grillon, prends donc souci
Des maux que nous souffrons ici.

Toi qui connais plus d'une secte,
Et qui peux raisonner sur tout,
Du beau tu possèdes le goût,

Conserve-le, petit insecte.
Petit Grillon, prends donc souci
Des maux que nous souffrons ici.

La gloire que partout on vante
S'achète au prix de mille morts ;
Je préfère tes doux accords,
Le bruit du canon m'épouvante.
Petit Grillon, prends donc souci
Des maux que nous souffrons ici.

Aux envieux fais la grimace,
Toi si simple, toi si petit.
Est-ce ton cri qui retentit ?
Il remplira tout notre espace.
Petit Grillon, prends donc souci
Des maux que nous souffrons ici.

Toi qui lis dans la conscience,
Tu ris de notre Liberté
Et de la Charte-Vérité
Qui promettait l'indépendance.
Petit Grillon, prends donc souci
Des maux que nous souffrons ici.

Sans froidure chantez à l'aise,
Il le faut pour nous égayer...
Courage, amis, il faut chanter,
Toi dans ton trou, LUI sur sa chaise.
Ah ! tous les deux, prenez souci
Des maux que nous souffrons ici.

ENVOI.

O Béranger, j'ose le dire,
On me croira, plus de mille ans
Le monde redira les chants
Qui firent résonner ta lyre.
O Béranger, prends donc souci
Des maux que nous souffrons ici.

MONSIEUR ET MADAME ANGOT.

Madame Angot, indisposée des froideurs de son époux, ne pouvant plus contenir sa mauvaise humeur, lui dit le lendemain de sa fête, après avoir versé un torrent de larmes : « Je veux savoir à l'instant quelle est la belle que vous me « préférez ; ne serais-je plus digne de vos hommages? » Et voulant piquer son mari, elle lui rappelle ses exploits amoureux.

AIR de *Monsieur et Madame Denis.*

MADAME ANGOT.

Vous n'êtes plus, cher ami,
Ce joli petit mari

Qui me disait si souvent,
Souvenez-vous-en, souvenez-vous-en :
« Pour vous seule, mes amours,
« Mon cœur brûlera toujours. »

Répondez-moi, cher époux,
N'êtes-vous donc plus jaloux,
Vous qui jadis l'étiez tant?
Souvenez-vous-en, souvenez-vous-en.
Il vous fallait chaque jour
Des preuves de mon amour.

MONSIEUR ANGOT.

Ah! des reproches!... Eh! quoi!
Douteriez-vous de ma foi?
Mon cœur n'est pas inconstant,
Souvenez-vous-en, souvenez-vous-en.
Je vous adore toujours
Comme au temps de nos beaux jours.

MADAME ANGOT.

Ce fut en mil huit cent deux
Que nous devînmes heureux;
D'amour vous êtiez brûlant,
Souvenez-vous-en, souvenez-vous-en.
Ah! pourquoi de ces beaux jours
Vois-je interrompre le cours!

Au sacre de l'Empereur,
Votre feu doubla d'ardeur;

Vous étiez bien séduisant,
Souvenez-vous-en, souvenez-vous-en.
Que de preuves en ce jour
Je reçus de votre amour!

Un soir, dans un bois épais
Où nous respirions le frais,
Vous me dîtes tendrement,
Souvenez-vous-en, souvenez-vous-en :
« Dans ce ravissant séjour,
« Tout nous invite à l'amour! »

MONSIEUR ANGOT.

Combien ces doux souvenirs
Me rappellent de plaisirs !
Loin que je sois inconstant,
Souvenez-vous-en, souvenez-vous-en,
Le temps accroît chaque jour
La force de mon amour.

MADAME ANGOT.

De ce discours, cher Angot,
Je ne crois pas un seul mot;
Car, malgré votre serment,
Souvenez-vous-en, souvenez-vous-en,
Vous me jouez tous les jours
Bon nombre de malins tours.

Pour d'autres, beau papillon,
Vous relevez pavillon;

Pour moi, c'est bien différent,
Souvenez-vous-en, souvenez-vous-en ;
Je suis indigne en ce jour
De posséder votre amour.

MONSIEUR ANGOT.

Revenez de votre erreur :
Seule vous eûtes mon cœur,
Je le jure en ce moment,
Souvenez-vous-en, souvenez-vous-en,
Jusques à mon dernier jour
Vous aurez tout mon amour.

LES AVIS DU SAGE.

AIR : *Ma tante Urlurette.*

A qui suivra mes avis
Je promets le paradis,
S'il aime vin et fillette,
Turlurette, (*bis.*)
Sa fortune est faite.

Les plaisirs et la gaité,
De l'homme font la santé ;
Quand son âme est guilerette,
Turlurette,
Sa fortune est faite.

Quand il peut des malheureux
Adoucir le sort affreux,
S'il sait le faire en cachette,
Turlurette,
Sa fortune est faite.

Quand une fille, un beau jour,
Lui jure un constant amour,
Qu'elle soit blonde ou brunette,
Turlurette,
Sa fortune est faite.

Quand il peut de ses amis
Venger l'honneur compromis,
Si sa vengeance est discrète,
Turlurette,
Sa fortune est faite.

Quand il peut, par un bon mot,
Réduire au silence un sot,
Si sa satire est parfaite,
Turlurette,
Sa fortune est faite.

Quand il peut au médecin
Préférer le jus divin
Qui met l'esprit en goguette,
Turlurette,
Sa fortune est faite.

LES SACREMENTS,

OU

INDISCRÉTIONS D'UN PASTEUR

AIR : *Ah! le bel oiseau.*

Dieu, qûel nombre de cocus,
Notre vaste terre
Enserre !
Dieu, quel nombre de cocus,
Qui partout sont bien reçus !

Comme on l'a dit de la mort,
Dont la rigueur est extrême,
Ce funeste et triste sort
Atteint la jeunesse même.

Dieu, quel nombre de cocus,
Notre vaste terre
Enserre !
Dieu, quel nombre de cocus,
Qui partout sont bien reçus !

Que de cocus, mes enfants,
M'aident à chanter la messe,

Je le sais par vos mamans
Quand elles vont à confesse.

Dieu, quel nombre de cocus
Notre vaste terre
Enserre !
Dieu, quel nombre de cocus,
Qui partout sont bien reçus !

Au fils d'un vieil avoué
Quand je donnai le baptême,
Voyant le père charmé,
Je répétais en moi-même :

Dieu, quel nombre de cocus
Notre vaste terre
Enserre !
Dieu, quel nombre de cocus,
Qui partout sont bien reçus !

Peut-être je suis méchant,
Mais, faisant un mariage,
Je me dis en souriant :
« C'est graine de cocuage. »

Dieu, quel nombre de cocus
Notre vaste terre
Enserre !
Dieu, quel nombre de cocus,
Qui partout sont bien reçus !

Ah! que d'énormes péchés
A confesse on vient m'apprendre,
Qui, s'ils étaient révélés,
Réduiraient le globe en cendre.

Dieu, quel nombre de cocus
  Notre vaste terre
    Enserre!
Dieu, quel nombre de cocus,
Qui partout sont bien reçus!

Très-souvent *in extremis*,
Une austère et noble dame,
Pour gagner le paradis,
En tremblant m'ouvre son âme.

Dieu, quel nombre de cocus
  Notre vaste terre
    Enserre!
Dieu, quel nombre de cocus,
Qui partout sont bien reçus!

Ah! si de tous les cocus
J'établissais la balance,
Vrai, je n'en finirais plus,
Tant le nombre en est immense!

Dieu, quel nombre de cocus
  Notre vaste terre
    Enserre!
Dieu, quel nombre de cocus,
Qui partout sont bien reçus!

Si les femmes des cocus
Pour moi font une prière,
Mon âme avec les élus
Ne sera pas la dernière.

Dieu, quel nombre de cocus
Notre vaste terre
Enserre !
Dieu, quel nombre de cocus,
Qui partout sont bien reçus !

LA FILLE DE FRÉTILLON

DEVENUE MARQUISE.

Air : *Ma commère, quand je danse.*

Frétillon était ma mère ;
Mais d'elle un beau jour j'appris
Qu'elle me *donnait* pour père
Un noble et fringant marquis.

Sur ma maison,
Sur mon blason,
Pour devise
Que l'on lise :
Marquise de Frétillon.

Pour tout bien j'eus la misère,
Et, comme on l'avait prédit,
Ma mère en quittant la terre
Ne laissa pas même un lit.

Sur ma maison,
Sur mon blason,
Pour devise
Que l'on lise :
Marquise de Frétillon.

De Frétillon je possède
La séduisante beauté,
Et, des maux le vrai remède,
L'inépuisable gaîté.

Sur ma maison,
Sur mon blason,
Pour devise
Que l'on lise :
Marquise de Frétillon.

Mais mon parrain le notaire
Sut enjôler le marquis
Pour qu'il s'avouât mon père,
Un jour qu'il le trouva gris.

Sur ma maison,
Sur mon blason,
Pour devise
Que l'on lise :
Marquise de Frétillon.

Qui croirait que ce vieux drille,
Que ma mère cajola,
Voulut séduire sa fille !...
Dieu ne permit pas cela...

Sur ma maison,
Sur mon blason,
Pour devise
Que l'on lise :
Marquise de Frétillon.

Un jour, je n'y songeais guère,
J'appris d'un certain cousin
Que mon *respectable* père
M'avait légué tout son bien.

Sur ma maison,
Sur mon blason,
Pour devise
Que l'on lise :
Marquise de Frétillon.

Depuis que je suis marquise,
Je reçois de grands honneurs ;
Je vois la robe et l'Église
Se disputer mes faveurs.

Sur ma maison,
Sur mon blason,
Pour devise
Que l'on lise :
Marquise de Frétillon.

Si jamais je deviens reine,
J'éterniserai mon nom,
En créant dans mon domaine
L'ordre du *Gai-Cotillon*.

Sur ma maison,
Sur mon blason,
Pour devise
Que l'on lise :
Marquise de Frétillon.

L'EMBARRAS

D'UNE JEUNE FILLE QUI SENT LE BESOIN D'AIMER.

AIR connu.

Que faut-il faire ? (*bis.*)
Se disait la jeune Babet :
Je sens un trouble involontaire
Et l'atteinte d'un mal secret.
Que faut-il faire ? (*bis.*)

Que faut-il faire ?
Ah ! grand Dieu ! qui me l'apprendra ?
Hélas ! à percer ce mystère

Quel est l'ami qui m'aidera ?
Que faut-il faire ?

Que faut-il faire?
Quand je sens palpiter mon cœur ?
J'éprouve le besoin de plaire ;
Mais pour calmer ma vive ardeur
Que faut-il faire?

Que faut-il faire
Pour mettre fin à mes tourments?
Vainement je voudrais me taire ;
Mais, hélas ! quand on a seize ans,
Que faut-il faire ?

ALLELUIA.

AIR : *Alleluia.*

Demandons à Dieu de beaux jours,
Heureux s'ils doivent être courts ;
Qu'il fasse après ce qu'il voudra.
Alleluia.

Je redoute peu l'avenir
Quand du présent je peux jouir ;
Je me dis : Qui vivra verra.
Alleluia.

Pourvu que je passe mes jours
Avec les ris et les amours,
Le reste ira comme il pourra.
Alleluia.

Qu'on m'apporte chaque matin
De ce nectar qui met en train,
Et j'en boirai tant qu'on voudra.
Alleluia.

En enfer si je dois aller,
J'espère m'y bien amuser,
Car en cet endroit on rira.
Alleluia.

LE SOUCI D'ESTELLE.

Air connu

En revenant de Saint-Denis,
Tout près de la plaine,
De loin je regardais Paris,
Lorsque Madeleine
Dit en me montrant un gazon :
« Là, jadis Estelle
« Faisait zizi, faisait zonzon,
« Faisons zizi comme elle.

« C'est sur le gazon que voici
« Que le bon Léandre
« D'Estelle chassa le souci
« Par un baiser tendre.
« Depuis ce temps, sur le gazon,
« Chaque jour Estelle
« Faisait zizi, faisait zonzon.
« Faisons zizi comme elle.

« Puisque le hasard en ces lieux
« Nous conduit, cher Pierre,
« Goûtons-y le bonheur des dieux :
« C'est là ma prière.
« Et puis reviens sur ce gazon,
« Comme fit Estelle,
« Faire zizi, faire zonzon,
« Faire zizi comme elle. »

DISTIQUE.

L'homme naît, vit et meurt sans jamais se connaître;
Quand il se croit heureux, est-il certain de l'être?...

LA FEMME ADULTÈRE.

Air final du *Mariage de Figaro.*

LA FEMME ADULTÈRE.

« Combien je suis misérable !...
« Chacun veut me lapider...
« Ah ! je suis donc bien coupable
« D'avoir su me faire aimer ?
« Dieu sera plus charitable,
« Il pardonnera l'erreur
« Qui cause tout mon malheur. *(bis.)*

« Juste ciel !... mon cœur se brise.
« Qui prendra pitié de moi ?
« En tout lieux, même à l'église,
« Chacun me montre du doigt !...
« Prosternée et non assise,
« Déplorant mon triste sort,
« J'appelle à grands cris la mort ! »

LE PRÊTRE.

« D'où vient cette plainte amère ?
« Pourquoi ces cris déchirants ?...
« Serait-ce une tendre mère
« Qui vit mourir ses enfants ?... »

LA FEMME ADULTÈRE.

« Non.... c'est la femme adultère
« En butte aux juste dédains
« De presque tous les humains. »

LE PRÊTRE.

« Relevez-vous, pauvre femme,
« Confessez-nous vos malheurs :
« Dieu saura guérir votre âme
« Comme il séchera vos pleurs.
« Il calmera cette flamme
« Qui cause votre tourment,
» Si vous le priez souvent. »

S'adressant à la foule.

« Ne lui jetez pas la pierre,
« Le Seigneur vous le défend ;
« Retenez votre colère
« Puisque son cœur se repent.
« La pauvre femme adultère
« Souffre assez de son malheur,
« Sans qu'on lui brise le cœur. »

LES VIVEURS.

AIR de *Frétillon*.

Lorsque sur nous la satire
Épuise ses malins traits,
Mes amis, il faut en rire
Et nous moquer des caquets.
Chantons toujours,
Et de nos jours
Qu'une vie
De folie
Sans cesse charme le cours.

Amis, mettons-nous à l'aise,
Rions, buvons et chantons ;
Que la morale se taise
Au doux bruit de nos chansons.
Chantons toujours,
Et de nos jours
Qu'une vie
De folie
Sans cesse charme le cours.

Allons, que la gaîté brille ;
Sablons, amis, de bons vins.

Tandis que l'aï petille,
Entonnons de gais refrains.
Chantons toujours,
Et de nos jours
Qu'une vie
De folie
Sans cesse charme le cours.

Buvons ce vin délectable
Qui chasse les noirs soucis,
Qui nous rend joyeux à table
Et charme tous les esprits.
Chantons toujours,
Et de nos jours
Qu'une vie
De folie
Sans cesse charme le cours.

Il pousse à la gaudriole
Les disciples de Bacchus,
Et la vertu cabriole
Au dou glouglou de ce jus.
Chantons toujours,
Et de nos jours
Qu'une vie
De folie
Sans cesse charme le cours.

Dans une joyeuse ivresse,
Contentons tous nos désirs,

Changeons, amis, de maîtresse
Pour varier nos plaisirs.
Chantons toujours,
Et de nos jours
Qu'une vie
De folie
Sans cesse charme le cours.

Pour bien jouir de la vie,
Chassons, amis, le chagrin ;
Trinquons avec la Folie
Et défions le Destin.
Chantons toujours,
Et de nos jours
Qu'une vie
De folie
Sans cesse charme le cours.

LES ÉCHOS DU RIVAGE.

AIR : *Ermite, bon ermite.*

Doux échos de la rive,
Répétez mes accents
A la beauté naïve
Que tristement j'attends.

Dites-lui : « Douce idole,
« Ton amant malheureux
« Attend une parole
« Qui comble tous ses vœux. »

Doux échos du rivage,
Aux échos d'alentour
Répétez ce langage,
Naïf et sage
Comme mon amour.

Dites à ma maîtresse
Que mon constant amour
Attend avec ivresse
Son fortuné retour.
Peignez-lui de mon âme
L'angoisse et les tourments ;
Dites-lui quelle flamme
Embrase tous mes sens.

Doux échos du rivage,
Aux échos d'alentour
Répétez ce langage,
Naïf et sage
Comme mon amour.

Dites-lui que sans trêve
Son image me suit,
Que je la vois en rêve
Et le jour et la nuit ;

Qu'au souvenir fidèle,
Je lui garde mon cœur,
Qu'enfin, éloigné d'elle,
J'ai perdu le bonheur.

Doux échos du rivage,
Aux échos d'alentour
Répétez ce langage,
Naïf et sage
Comme mon amour.

LES REGRETS DU BEL AGE,

OU LA SOIF DE L'OR.

AIR : *Pour un soldat qui n'en a pas l'usage.*

« C'est à Paris qu'on trouve la richesse,
« M'avait-on dit ; c'est là qu'est le bonheur. »
Au même instant j'y vole avec ivresse ;
Mais j'ai bientôt déploré mon erreur. (*bis.*)
Des passions j'ai subi le servage :
L'ambition m'a ravi la santé.
Ah ! qui me rendra du bel âge,
L'insouciance et la gaîté ?...

Dans mon hameau, loin du bruit de la ville,
Après un jour de pénibles labeurs,
Je revenais à mon modeste asile
Où du sommeil je goûtais les douceurs.
Mais maintenant en butte à maint orage ,
Plus de repos à mon cœur agité.
   Ah ! qui me rendra du bel âge,
   L'insouciance et la gaîté ?...

Bois et vallons, et toi, belle prairie,
Que de beaux jours près de vous je coulais !
Là, le bonheur à mon âme attendrie
Semblait venir lorsque je l'appelais.
La soif de l'or a flétri mon visage,
Tout est pénible à mon cœur attristé.
   Ah ! qui me rendra du bel âge,
   L'insouciance et la gaîté ?...

J'avais promis à la jeune Émilie
De lui garder et mon cœur et ma foi ;
Mais aujourd'hui, tendre et constante amie,
Je ne suis plus, hélas ! digne de toi.
L'appât d'un riche et brillant mariage
M'a fait trahir la modeste beauté.
   Ah ! qui me rendra du bel âge,
   L'insouciane et la gaîté ?...

Si je pouvais de ma triste existence,
Selon mes vœux recommencer le cours,

Je donnerais mon or, mon opulence
Pour un instant de mes premiers beaux jours.
Mais à jamais je suis en esclavage :
Tout est fini, plus de félicité.
  Ah ! j'ai perdu de mon bel âge
  L'insouciance et la gaîté.

RONDE

DES LURETTES ET DES LURONS.

AIR : *Ah ! le bel oiseau.*

Rions, buvons
  Et chantons,
Mes lurettes,
Mes lurettes ;
Rions, buvons
  Et chantons,
Mes lurettes,
  Mes lurons.

Pour dissiper les ennuis
Qui chagrinent ce bas monde,
Unissons-nous, mes amis,
Et répétons à la ronde :

Rions, buvons
  Et chantons,

Mes lurettes,
Mes lurettes;
Rions, buvons
Et chantons,
Mes lurettes,
Mes lurons.

C'est ici le rendez-vous
Des amis de la folie;
Accourez, sages et fous,
Venez jouir de la vie.

Rions, buvons
Et chantons,
Mes lurettes,
Mes lurettes;
Rions, buvons
Et chantons,
Mes lurettes,
Mes lurons.

De Bacchus et de Comus
Entonnons les patenôtres,
Et comme eux sablons le jus,
Qui les fit si bons apôtres.

Rions, buvons
Et chantons,
Mes lurettes,
Mes lurettes;

Rions, buvons
Et chantons,
Mes lurettes,
Mes lurons.

Sous ces ombrages épais,
Amis, mettons-nous à l'aise,
Et pour boire nos vins frais
Prenons le gazon pour chaise.

Rions, buvons
Et chantons,
Mes lurettes,
Mes lurettes ;
Rions, buvons
Et chantons,
Mes lurettes,
Mes lurons.

Léger comme un papillon
Qui cherche des fleurs nouvelles,
Que l'amour soit l'aiguillon
Qui nous pousse auprès des belles.

Rions, buvons
Et chantons,
Mes lurettes,
Mes lurettes ;
Rions, buvons
Et chantons,
Mes lurettes,
Mes lurons.

Que d'un trait victorieux
Chaque belle soit atteinte.
Goûtons le bonheur des dieux
Et bannissons la contrainte.

Rions, buvons
Et chantons,
Mes lurettes,
Mes lurettes ;
Rions, buvons
Et chantons,
Mes lurettes,
Mes lurons.

Quand il nous faudra partir
Pour habiter les lieux sombres,
Jurons, pour nous divertir,
D'y faire danser les ombres.

Rions, buvons
Et chantons,
Mes lurettes,
Mes lurettes ;
Rions, buvons
Et chantons,
Mes lurettes,
Mes lurons.

LOUIS XI.

AIR :

La nuit, quant tinte le beffroi,
Dans son château Louis frissonne.
Mais d'où peut venir son effroi
Toutes les fois que l'heure sonne?
C'est qu'il croit, au plus léger bruit,
Entendre une de ses victimes,
Dont le bras vengeur le poursuit
Pour le punir de tous ses crimes.

ESTELLE.

ROMANCE.

Air de *Rita*:

Prenez pitié d'une fille
Qu'un seigneur trompa.
Pauvre, jeune et sans famille,
Mon Dieu, qui la vengera?

Un seigneur du haut parage
Vit un jour dans un hameau
Une fille belle et sage
Qui ramenait son troupeau.
Il offrit à la bergère
Sa fortune et son amour,
En disant : « Crois-moi, ma chère,
« Avec moi viens à la cour. »

Prenez pitié d'une fille
Qu'un seigneur trompa.
Pauvre, jeune et sans famille,
Mon Dieu, qui la vengera ?

« Avant la fin de l'année,
« Lui dit ce noble seigneur,
« Tu seras ma fiancée
« Si tu me donnes ton cœur,
« Ah ! prends pitié de ma flamme.
« Je fais ici le serment
« Que tu deviendras ma femme,
« Je t'aimerai constamment. »

Prenez pitié d'une fille
Qu'un seigneur trompa.
Pauvre, jeune et sans famille,
Mon Dieu, qui la vengera ?

Il avait un air si tendre,
Des regards si séduisants,
Qu'elle ne put se défendre

Contre ses désirs brûlants.
Mais quand de la pauvre Estelle
Il eut dérobé l'honneur,
Hélas ! il s'éloigna d'elle,
Emportant tout son bonheur,

Prenez pitié d'une fille
Qu'un seigneur trompa.
Pauvre, jeune et sans famille,
Mon Dieu, qui la vengera ?

La tendre et naïve Estelle,
Ignorant l'art de tromper,
A son bien-aimé fidèle,
Attendit sans murmurer.
Mais une trop longue absence
A la fin brisa son cœur ;
Elle perdit l'espérance
De revoir son séducteur.

Prenez pitié d'une fille
Qu'un seigneur trompa.
Pauvre, jeune et sans famille,
Mon Dieu, qui la vengera ?

Depuis ce temps la bergère
Vit ses attraits se flétrir ;
Comme la fleur éphémère,
Elle se sentit mourir.
Pourtant sans jamais se plaindre
Elle subit son destin,

Et la Parque vint l'atteindre
Priant pour son assassin.

Prenez pitié d'une fille
Qu'un seigneur trompa.
Pauvre, jeune et sans famille,
Mon Dieu, qui la vengera?

ALLONS AUX CHAMPS.

ROMANCE.

AIR : *T'en souviens-tu?*

Voici le jour... Allons aux champs, Marie;
Là nous pourrons parler de notre amour,
Et mollement assis dans la prairie,
Du doux printemps célébrer le retour.
C'est la saison où tout dans la nature
Prend un aspect souriant et nouveau.
Viens avec moi sur la fraîche vèrdure,
Et saluons ce spectacle si beau.

Allons, Marie, hâtons-nous, le temps presse,
Car le soleil colore nos coteaux.
De tous côtés déjà chacun s'empresse;
Vois-tu là bas bondir tous ces troupeaux?

Chaque berger dérobe à sa bergère,
En badinant, quelque tendre faveur.
Tu le vois bien, c'est au printemps, ma chère,
Que les amants goûtent le vrai bonheur.

JEAN ET PIERROT,

OU

LE DÉSIR DE PLAIRE AUX FILLES.

AIR : *Feu, feu, Monsieur Mathieu.*

— Cher Jean,
Dis-moi comment
De fillette
Gentillette,
Cher Jean,
Dis-moi comment
On peut devenir l'amant.

— Quoi ! tu ne sais pas, Pierrot,
Te faire aimer d'une fille ?
Mais moi qui suis un bon drille,
Je vais t'instruire en un mot.

— Cher Jean,
Dis-moi comment
De fillette
Gentillette,
Cher Jean,
Dis-moi comment
On peut devenir l'amant.

— Quand tu sens ton cœur bondir
Pour une jeune fillette,
Il faut tâcher en cachette
De pouvoir l'entretenir.
— Cher Jean,
Dis-moi comment
De fillette
Gentillette,
Cher Jean,
Dis-moi comment
On peut devenir l'amant.

— Tu l'abordes poliment
D'une façon bien galante,
Et sur sa beauté touchante
Tu lui fais un compliment.
— Cher Jean,
Dis-moi comment
De fillette
Gentillette,
Cher Jean,
Dis-moi comment
On peut devenir l'amant.

— D'abord tu la vois rougir ;
Mais dans cette circonstance
Sois bien convaincu d'avance
Que c'est toujours de plaisir.

— Cher Jean,
Dis-moi comment
De fillette
Gentillette,
Cher Jean,
Dis-moi comment
On peut devenir l'amant.

— Profite de cet instant
Pour lui déclarer ta flamme,
Et dis-lui que sur ton âme
Elle règne en conquérant.

— Cher Jean,
Dis-moi comment
De fillette
Gentillette,
Cher Jean,
Dis-moi comment
On peut devenir l'amant.

— Quand tu verras que son sein
Soulève sa colerette,
Aussitôt à la fillette
Tâche de faire un larcin.

— Cher Jean,
Dis-moi comment
De fillette
Gentillette,
Cher Jean,
Dis-moi comment
On peut devenir l'amant.

— Si la belle aime ce jeu,
Et si ton amour la touche,
Alors tu vois de sa bouche
S'échapper le tendre aveu.

— Quoi ! Jean,
Voilà comment
De fillette
Gentillette,
Quoi ! Jean,
Voilà comment
On peut devenir l'amant ?

RÉFLEXIONS.

Chaque matin,
Quand je m'éveille,
Je dis soudain :
« Quel triste sort !
« Comme la veille,
« J'attends la mort. »

LA RÉPUBLIQUE VOUS REGARDE.

1848.

AIR : *La Dame blanche*, etc.

Voici venir la République
Qui prend son essor dans les airs,
Et bientôt son pouvoir magique
S'étendra sur tout l'univers.
Des rois trop zélé partisan,
Qui leur gardez amour constant,
Prenez garde, prenez garde,
Prenez garde, prenez garde,
La République vous regarde, }
La République vous entend ! } (*bis.*)

Des courtisans vile cohorte,
Du peuple craignez le couroux ;
Il a mis les rois à la porte,
Jugez ce qu'il ferait de vous !
Vous qui rampiez servilement
Sous notre ancien gouvernement,
Prenez garde, prenez garde,
Prenez garde, prenez garde,
La République vous regarde,
La République vous entend !

Et vous, rois, dont la tyrannie
Nous imposait de dures lois,
Débarrassez notre patrie ;
Le peuple a reconquis ses droits.
Mais si vous fuyez en pleurant,
Peut-être même en espérant,
Prenez garde, prenez garde,
Prenez garde, prenez garde,
La République vous regarde,
La République vous entend !

AUX ÉLECTEURS.

1834.

Air : *J'ons un curé patriote.*

Bons électeurs de la Seine,
Prouvez-nous votre bon sens ;
Donnez-vous enfin la peine
D'élire de bonnes gens.
Les députés centripions
Votaient de gros millions.
    Quels budgets,
    Quels budgets
Nous votaient tous ces valets !
Ah ! pour un tyran quels sujets !

Apprenez à la province
Combien sont indépendants
Les votes acquis au prince
Qui règne depuis quatre ans.
Que les députés nouveaux
Votent les droits nationaux.
    Quels budgets,
    Quels budgets
Nous votaient tous ces valets !
Ah ! pour un tyran quels sujets !

Ils disaient : « Sans aucun doute,
« Il est clair que le jury
« Embarrasse notre route ;
« Il faut qu'il soit aboli. »
Ces députés corrompus
Perpétuaient les abus.
    Quels budgets,
    Quels budgets
Nous votaient tous ces valets !
Ah ! pour un tyran quels sujets !

Ils disaient : « Notre patrie
« Est pleine de gens criards ;
« Pour étouffer l'anarchie,
« Coffrons vite ces bavards.
« Parisiens, ne bronchez :
« Craignez nos forts détachés. »
    Quels budgets,
    Quels budgets

Nous volaient tous ces valets!
Ah! pour un tyran quels sujets!

Ils disaient : « N'ayons de cesse
« Que quand nous aurons détruit
« La libérté de la presse
« Qui nous trouble jour et nuit.
« Étouffons la vérité,
« Confisquons la liberté. »
Quels budgets,
Quels budgets
Nous volaient tous ces valets!
Ah! pour un tyran quels sujets!

LISA.

AIR : *Allons, Babet, un peu de complaisance.*

Près de ce feu qui flambe et qui petille,
O ma Lisa, parlons de nos amours!
Viens égayer, ô maîtresse gentille,
De mes instants le trop rapide cours. (*bis.*)
Rappelle-moi les plaisirs du bel âge,
Doux souvenirs qui raniment mes sens. (*bis.*)
Au dieu d'amour quand nous rendons hommage,
Tu sais, Lisa, tout ce que je ressens. (*ter.*)

Ton aspect seul vient rallumer ma flamme,
Et dans tes yeux brillant de mille feux,
Déjà je vois se refléter ton âme
Et les désirs de ton cœur amoureux.
O voluptés, ô plaisirs du bel âge,
Apparaissez, enivrez tous nos sens.
Au dieu d'amour quand nous rendons hommage,
Tu sais, Lisa, tout ce que je ressens.

Dans ce réduit simple et sans opulence,
Vois, ma Lisa, tout ce que peut l'amour.
Tout s'embellit ici par ta présence,
Et chaque jour pour nous est un beau jour.
Les jeux, les ris, les plaisirs du bel âge,
Tout reparaît dans ces heureux instants.
Au dieu d'amour quand nous rendons hommage,
Tu sais, Lisa, tout ce que je ressens.

Puisse l'ardeur qui consume mon âme
Gagner la tienne, et puisse ton beau sein,
Tout palpitant d'une brûlante flamme,
Avec amour se pencher sur le mien !
De nos beaux jours la ravissante image
D'un feu nouveau vient embraser mes sens.
Au dieu d'amour quand nous rendons hommage,
Tu sais, Lisa, tout ce que je ressens.

Puisqu'à nos vœux ici rien ne s'oppose,
Goûtons encor le suprême bonheur.
Quand tu souris, ta bouche demi-close
Semble appeler mes baisers pleins d'ardeur.

De ma raison puis-je garder l'usage,
Quand ton regard vient troubler tous mes sens ?
Au dieu d'amour quand nous rendons hommage,
Tu sais, Lisa, tout ce que je ressens.

De nous quitter, quoi ! déjà l'heure sonne !
Ah ! que ne puis-je, au gré de mon désir,
Des courts instants qu'ici-bas Dieu nous donne,
Prolonger ceux consacrés au plaisir !
Reviens encor dans mon humble ermitage
Me rappeler ces moments ravissants.
Au dieu d'amour quand nous rendons hommage,
Tu sais, Lisa, tout ce que je ressens.

A VICTOR HUGO.

Savant Hugo, peins-nous l'histoire
De nos héros, dis leurs grands noms.
Chante leur gloire,
Nous chanterons.

De ton pays chante la gloire
Et chante-la sur tous les tons.
Chante victoire,
Nous chanterons.

Redis le chant de la victoire,
Et laisse là tes vieux Teutons.
Chante la gloire,
Nous chanterons.

LES PLAISIRS DU PRINTEMPS.

AIR : *L'ombre s'évapore.*

Le printemps m'invite
A quitter mon gîte
Pour jouir plus vite
Du plaisir des champs.
Et là, dès l'aurore,
J'aime à voir éclore
Les présents que Flore
Prodigue en ce temps.

Belle nature,
Fraîche verdure,
Votre parure
Fait battre mon cœur.
Qui donc m'appelle?
C'est Philomèle,
Près de sa belle,
Qui touche au bonheur.

La tendre fauvette
Quitte sa retraite,
Et n'est plus muette
Dans cet heureux jour.

Ah ! quand elle chante,
Sa voix si touchante
Me plaît et m'enchante,
M'excite à l'amour.

Loin de la ville,
Dans un asile
Simple et tranquille,
On peut être heureux.
Là sans envie,
Près d'une amie,
Passer ma vie
Comblerait mes vœux.

Quel bonheur me cause
L'aspect d'une rose
Fraîchement éclose,
Tremblant au zéphir !
Mon âme s'enivre,
Et là j'aime à vivre,
Car je me sens ivre
D'amour, de plaisir.

Belle Marie,
Dans la prairie ,
L'herbe fleurie
T'invite à l'amour.
A ma tendresse,
A mon ivresse,
Belle maîtresse,
Réponds en ce jour.

Assis sous un chêne,
O ma souveraine,
Bannissons la gêne;
Ouvre-moi ton cœur.
Ah! si de mon âme
La brûlante flamme
T'anime et t'enflamme,
Pour moi quel bonheur!

Bonheur extrême!
Celle que j'aime
M'aime de même.
Quel moment heureux!...
Son cœur soupire,
Elle m'attire!...
Ah! quel délire
Envié des dieux!...

Amants téméraires,
Ces bois solitaires
Cachent les mystères
Du secret bonheur.
L'écho seul répète
Ce qu'en tête-à-tête
La tendre fillette
Dit à son vainqueur.

Sur la tourelle,
Vois-tu, ma belle,
Cette hirondelle
Rentrer au logis!

Vois sa tendresse,
Sa douce ivresse ;
Elle caresse
Gaîment ses petits.

Du bonheur champêtre
J'aime à me repaître ;
On voit tout renaître
Dans cet heureux temps.
Son aimable empire
Nous met en délire,
Et chacun désire
Revoir le printemps.

LE MIRLITON DE LISETTE.

AIR : *Ah! le bel oiseau, maman*, etc.

Toutes les filles, dit-on,
A la ronde,
Dans ce monde,
Aiment mieux un mirliton
Qu'une tranche de melon,

— Je veux un beau mirliton,
Disait Lisette à sa mère ;
Je veux qu'il soit gros et long
Comme celui de Jean-Pierre.

Toutes les filles, dit-on,
A la ronde,
Dans ce monde,
Aiment mieux un mirliton
Qu'une tranche de melon.

— De ce joujou, mon enfant,
Tu ne peux plus faire usage;
Ce frivole amusement
Ne convient plus à ton âge.

Toutes les filles, dit-on,
A la ronde,
Dans ce monde,
Aiment mieux un mirliton
Qu'une tranche de melon.

— Objet de tous mes désirs,
Cet instrument sait me plaire,
Et pour charmer mes loisirs,
J'en veux avoir un, ma mère.

Toutes les filles, dit-on,
A la ronde,
Dans ce monde,
Aiment mieux un mirliton
Qu'une tranche de melon.

— Gros Jean m'offrit l'autre jour
Un mirliton sur l'herbette,
En me disant: « Pour l'amour,
» Quel beau mirliton, Lisette!

Toutes les filles, dit-on,
A la ronde,
Dans ce monde,
Aiment mieux un mirliton
Qu'une tranche de melon.

— Dans ses bras il me pressait,
M'appelant sa bien-aimée.
D'amour mon cœur bondissait ;
Je me sentais enflammée.

Toutes les filles, dit-on,
A la ronde,
Dans ce monde,
Aiment mieux un mirliton
Qu'une tranche de melon.

— Enfin de son instrument
Telle était la mélodie,
Que toujours en l'écoutant
De plaisir j'étais ravie.

Toutes les filles, dit-on,
A la ronde,
Dans ce monde,
Aiment mieux un mirliton
Qu'une tranche de melon.

— Eh quoi ! de ce mirliton,
Trop imprudente Lisette,
Avez-vous bien eu le front
D'aller jouer en cachette ?

Toutes les filles, dit-on,
A la ronde,
Dans ce monde,
Aiment mieux un mirliton
Qu'une tranche de melon.

— Hélas ! oui, chère maman,
Ce mirliton sait me plaire,
Et je m'en sers très-souvent,
Car il fait bien mon affaire.

Toutes les filles, dit-on,
A la ronde,
Dans ce monde,
Aiment mieux un mirliton
Qu'une tranche de melon.

QUI S'EN SERAIT JAMAIS DOUTÉ ?

Air : *Ah ! si ma femme me voyait !*

« Ah ! si quelque jour je régnais,
« Disait un prince débonnaire,
« Je voudrais que la France entière
« Fût heureuse et que mes sujets
« Bénissent mon nom à jamais. »

Eh bien ! ce phénix des altesses,
Sur le trône à peine monté,
Oublia toutes ses promesses.
Qui s'en serait jamais douté ? (*bis.*)

« La charte qu'un roi vous jura,
« Disait-il d'une voix émue,
« Par lui fut toujours méconnue ;
« Désormais, chacun le verra,
« De respects on l'entourera. »
Ce beau discours n'était qu'un piége,
Car, sous la charte-vérité,
Paris fut en état de siége (1).
Qui s'en serait jamais douté ?

« Jusqu'à ce jour un souverain
« Vous coûtait des sommes immenses.
« Je veux vous sauver ces dépenses,
« Car je possède assez de bien,
« Et pour régner je ne veux rien. »
Plus tard il nous fit *la prière*,
Cet homme désintéressé,
De doter sa famille entière.
Qui s'en serait jamais douté ?

« Nous ne laisserons pas périr
« Les Polonais, nos frères d'armes,

(1) Le 6 juin 1832.

« Eux que jadis, dans nos alarmes,
« On vit vaillamment accourir,
« Et dans nos rangs vaincre ou mourir. »
Ces héros, ce peuple de braves
Se fiaient à sa loyauté.....
Et maintenant ils sont esclaves (1)...
Qui s'en serait jamais douté?

Ce bon roi du peuple français,
Comptant sur notre patience,
Nourrissait la douce espérance,
Pour couronner tous ses *bienfaits*,
De river nos fers à jamais.
Trois jours ont suffi pour réduire
Son despotisme et sa fierté.
A son tour maintenant de dire :
Qui s'en serait jamais douté ?

LE RETOUR DU PRINTEMPS.

De nos climats
Tristes frimas
Disparaissez, et laissez la nature
Reprendre sa verte parure.

(1) Selon toute apparence, il y a lieu d'espérer que le terme de cet esclavage approche.

Que Zéphyre dans les vallons
Remplace les froids aquilons,
Et que les fleurs émaillent les prairies.
Dans les jardins, naissez, roses chéries.
Chantez, oiseaux, chantez ce doux réveil ;
Célébrez par vos chants le retour du soleil.
Tendres zéphirs, venez dans le bocage,
De votre haleine agiter le feuillage.
Apparaissez, heureux temps des amours,
De notre vie embellissez le cours

Et toi, ruisseau dont l'onde pure
Fait entendre son doux murmure,
Viens rafraîchir de tes sillons
Nos prés, nos bois et nos vallons.

Accourez, faunes et driades,
Et vous aussi, tendres naïades,
Venez, par vos aimables jeux,
Charmer notre oreille et nos yeux.

Qu'au loin l'écho répète, en son naïf langage,
Des amants fortunés l'éternel bavardage ;
Que le berger, sur la verte fougère,
Dérobe une faveur à la jeune bergère,
Et qu'enfin tous, dans ce beau jour,
Du printemps fêtent le retour.

LES LIONS DE LA CHAUMIÈRE.

AIR : *Cinq sous.*

Accourez donc, jeunes fous,
Le dimanche à la Chaumière,
Pour danser la chicardière } (bis.)
Avec l'objet de vos goûts. }

Cinq sous, cinq sous,
Pour danser la chicardière,
Cinq sous, cinq sous,
Pour rire comme des fous.

Au milieu des lionceaux,
Des tigres et des panthères,
Vous verrez des dromadaires,
Qui font danser des chameaux.

Cinq sous, cinq sous,
Pour danser la chicardière,
Cinq sous, cinq sous,
Pour rire comme des fous.

Ah ! que le sexe est flambard
Dans ce joli bal champêtre !
Toujours il demande à paître
Et fume au galop chicard.

Cinq sous, cinq sous,
Pour danser la chicardière,
Cinq sous, cinq sous,
Pour rire comme des fous.

Vous y verrez le lion
Dansant la Robert-Macaire
Avec sa belle panthère,
Chiqueuse de passion.

Cinq sous, cinq sous,
Pour danser la chicardière,
Cinq sous, cinq sous,
Pour rire comme des fous.

Vous verez le karkajou
Essayant d'offrir la patte
A la dédaigneuse chatte,
Qui demande son matou.

Cinq sous, cinq sous,
Pour danser la chicardière,
Cinq sous, cinq sous,
Pour rire comme des fous.

Mais quand arrive minuit,
Les tigresses en colère
Sifflent comme la vipère,
Qui cherche son trou la nuit.

Cinq sous, cinq sous,
Pour danser la chicardière,
Cinq sous, cinq sous,
Pour rire comme des fous.

LA PRISONNIÈRE.

ROMANCE.

AIR à faire.

En voyageant dans l'Aquitaine,
Le jeune et vaillant Duguesclin
Contemplait le vaste domaine
D'un vieux seigneur nommé Merlin,
Lorsque du haut d'une tourelle,
A ses pieds vint choir un billet
Qui lui fit savoir qu'une belle
Dans l'esclavage gémissait.

» Qui que tu sois, lui disait-elle
« Ah! prends pitié de mes chagrins!
« Apprends qu'un tuteur infidèle
« S'est emparé de tous mes biens.
« Dans une prison retenue,
« Je passe ma vie à gémir;
« Et là languissante, éperdue,
« Tous les jours je me sens mourir.

« A celui qui rompra mes chaînes
« Et sera mon libérateur,
« Pour récompense de ses peines,
« J'offre mon amour et mon cœur.
« Puis j'invoquerai la justice,
« Et le cruel et fier Merlin
« Sera, malgré son avarice,
« Forcé de me rendre mon bien. »

« — Les lois de la chevalerie,
« Répondit le preux chevalier,
« Charmante et pauvre Valérie,
« M'ordonnent de vous délivrer.
« A la gloire, à l'honneur fidèle,
« En tout temps Duguesclin fit voir
« Que ceux qui comptent sur son zèle
« Ne forment pas un vain espoir. »

Avant la fin de la journée,
Grâce à son vaillant défenseur,
Valérie était arrachée
Des mains de son persécuteur.
Elle tint toutes ses promesses,
Et fit le don à Duguesclin
De son cœur et de ses richesses,
En dépit du vieux châtelain.

L'AMI DE LA GUINGUETTE.

Air : *Ma commère, quand je danse.*

Francs amis de la courtille,
Accourez chez Dénoyer;
C'est là que la gaîté brille,
C'est là qu'on peut s'amuser.
C'est en dansant (*bis.*)
Qu'une fille
S'entortille,
Et suit un sentier glissant.

Lorsque je suis en goguette,
Je suis très-entreprenant,
Je conte à chaque fillette
Quelque propos bien galant.
C'est en dansant
Qu'une fille
S'entortille,
Et suit un sentier glissant.

Faut-il défendre une belle
Contre son persécuteur,
Vite, je me bats pour elle
Et je sors toujours vainqueur

C'est en dansant
Qu'une fille
S'entortille,
Et suit un sentier glissant.

Quand d'une beauté naïve,
Je veux me faire écouter,
Mon humeur joyeuse et vive
Parvient à l'apprivoiser.
C'est en dansant
Qu'une fille
S'entortille,
Et suit un sentier glissant.

Le sexe me dit aimable,
Et me trouve bon garçon.
Quant à moi, s'il est traitable,
J'agis toujours sans façon.
C'est en dansant
Qu'une fille
S'entortille,
Et suit un sentier glissant.

Du bal quand je me retire,
Je sors en triomphateur,
Et sans orgueil je peux dire
Que j'ai blessé plus d'un cœur.
C'est en dansant
Qu'une fille
S'entortille,
Et suit un sentier glissant.

IMPRESSIONS DE VOYAGE.

MÉDITATIONS.

De la célèbre Auvergne ô monts prodigieux,
Qui touchez à la fois et la terre et les cieux,
Le voyageur surpris en gravissant vos cimes,
Ne voit autour de lui que d'effrayants abîmes!...
Son œil contemplateur admire en mille endroits
L'œuvre immense et sans fin du puissant roi des rois;
Il s'écrie à l'instant: « O terrestre tourmente
« D'un volcan qui s'éteint, ton aspect épouvante;
« Mais de ce grand volcan les débris sont si beaux,
« Que tout homme s'incline en voyant ces lambeaux! »

Puy-de-Dôme et Mont-d'Or, vos plus arides cimes
Semblent se défier au-dessus des abîmes.
La neige que l'hiver dépose sur vos monts,
En se fondant l'été, féconde vos vallons,
Et les troupeaux, alors, broutant l'herbe fleurie,
De plaisir bondissant, errent dans la prairie.
Mais du torrent fougueux les trop rapides eaux
Ont bientôt entraîné les timides agneaux,
Et, brisé sous le poids de sa douleur amère,
Le pâtre désolé regagne sa chaumière.

Quel étonnant aspect! quels ravissants tableaux!...
Que l'Éternel est grand ! que ses desseins sont beaux!..
Ces immortels travaux nous révèlent d'avance
Quelle puissante main leur a donné naissance.
L'homme, en mettant le pied dans ces arides lieux,
Voit confondre à la fois son esprit et ses yeux ;
Il admire en silence, et s'oubliant lui-même,
Il reconnaît partout la volonté suprême.
O monts miraculeux, que de mille et mille ans
Ont dû passer sur vous sans altérer vos flancs !

COUPLET.

AIR : *Viens, mon fils, viens aussi, ma fille.*

Mes chers enfants, ma bonne mère
Jadis me disait bien souvent :
« Mon fils, pour braver la misère,
» Il faut travailler constamment.
« Ne manque jamais de courage,
« Et si Dieu te donne du bien,
« Fais des heureux : c'est le moyen
« D'être béni dans ton ouvrage. »

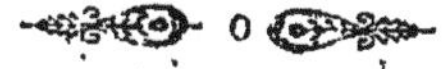

LA RÉPUBLIQUE.

AIR connu.

La République (*bis.*)
Déracine tous les abus.
Qui donne la paix domestique?
Qui donne aux peuples des vertus?
La République. (*bis.*)

La République
Ne fera que de sages lois.
En changeant la charte gothique,
Qui nous rendra nos anciens droits?
La République.

La République
Répartira mieux les impôts;
Tout en elle sera logique.
Qui nous donnera des héros?
La République.

La République
Fera fleurir la liberté,
En dépit du vœu despotique,
Qui donnera l'égalité?
La République.

La République
Des peuples fera le bonheur ;
Son pouvoir est vraiment magique,
Peuples ; chantez donc tous en chœur
La République.

MON PETIT RÉDUIT.

Dans mon simple et petit réduit,
Où nul chagrin ne me poursuit,
Où le bien d'autrui ne me tente,
Je vis heureux, l'âme contente.
Là, tranquille et sans nul remords,
A la fin du jour je m'endors,
Sans que jamais la noire envie
Vienne troubler ma douce vie.
Peu soucieux de l'avenir,
Du temps présent je sais jouir
Et je ne me mets point en peine
De l'époque plus qu'incertaine
Où, sous le poids des ans courbé,
Je serai de maux accablé.
Suivant les préceptes du sage
Qui voit s'envoler son bel âge,

Je me dis : Quand l'hiver viendra,
Certes, l'amour s'envolera ;
Mais de l'amitié la tendresse
Chez moi bannira la tristesse,
Et je pourrai sans les amours
Passer encor quelques beaux jours.
En attendant, laissons-nous vivre,
Et quand de plaisir je m'enivre
Je redoute peu le chagrin
Et le brave le verre en main.
De mon humble et douce retraite ,
J'ai banni la,froide étiquette,
Et là, sans souci, sans tourment,
Je dis et redis bien souvent,
Quand je contemple mon amie :
Est-il maîtresse plus jolie ?
Et posséder son tendre cœur,
N'est-ce pas là le vrai bonheur ?...
Lorsque dans mes bras je la presse,
Qu'elle répond à ma tendresse,
Je suis brûlé de mille feux
Et je me crois l'égal des dieux.
O vous dont la triste opulence
Prend en pitié mon indigence,
Répondez, un pareil trésor
Ne vaut-il pas vos monceaux d'or ?

APPEL AUX DÉPUTÉS.

1834.

Air : *Bonjour, mon ami Vincent,*

Députés, d'où venez-vous,
Et quel bon vent vous amène ?
Au bon peuple apportez-vous
Quelque riche et bonne aubaine ?
Payera-t-il moins qu'autrefois ?
Allez-vous enfin lui rendre ses droits ?
Mettrez-vous un terme à sa peine ?
Va-t-il voir la fin de tous ses chagrins ?
Braves citoyens,
Les républicains
Réclament de vous les droits des humains.

Vous nous faites trop languir,
Députés, le temps nous presse ;
Hâtez-vous donc d'en finir
Avec la fière noblesse,
Qui voudrait, tout comme autrefois,
S'emparer de l'or, des titres, des croix,
Nous ne voulons pas de richesse ;
Mais rendez justice aux pauvres vilains.

Braves citoyens,
Les républicains
Réclament de vous les droits des humains,

Chers députés, croyez-nous,
Par amour pour la patrie,
De grâce, prenez sur vous
D'abolir la monarchie.
N'y regardez pas à deux fois,
Par humanité détrônez les rois ;
Si vous contentez notre envie.
L'univers entier va battre des mains.
Braves citoyens,
Les républicains
Réclament de vous les droits des humains.

Enfin, pour combler nos vœux,
Que votre zèle s'applique
A terrasser en tous lieux
Des rois la puissance inique.
Déracinez tous les abus,
Montrez-nous du doigt toutes les vertus,
Fondez enfin la République,
Nous verrons en vous des hommes divins.
Braves citoyens,
Les républicains
Réclament de vous les droits des humains.

A BAS LA TYRANNIE!

FÉVRIER 1848.

AIR des *Girondins*.

Aux armes, citoyens, aux armes !
Accourez tous ; serrez vos rangs,
Répondez à ces cris d'alarmes.
On veut mitrailler nos enfants.
A bas la tyrannie ! (*bis.*)
Renversons les tyrans, sauvons notre patrie ! (*bis.*)

Quel est ce bruit? Le tocsin sonne,
On entend gronder le canon,
Et la fusillade résonne
Contre le droit et la raison.
A bas la tyrannie !
Renversons les tyrans, sauvons notre patrie !

LE RETOUR DES CENDRES.

1840.

Air à faire.

Napoléon, ta volonté dernière
Fut entendue à voûte des cieux,
Et dans ce jour l'inflexible Angleterre
Nous rend enfin ton cercueil précieux.
De ramener ta mortelle dépouille,
Un fils de roi par la France est chargé.
En la voyant le peuple s'agenouille
En saluant ce fardeau vénéré.

Dévoile-nous l'affreuse perfidie
Qui pour jamais enchaîna ta valeur ;
Révèle-nous la cruelle agonie
Qui sur un roc brisa ton noble cœur.
Dis-nous le nom du geôlier infâme,
Vil serviteur de tant d'indignes rois,
Qui si longtemps tortura ta belle âme,
Pour te punir de tes vaillants exploits.

Revois enfin le sol de la patrie,
Encor tout plein de tes brillants hauts faits,
Dans la cité qu'illustra ton génie,
Ton souvenir ne périra jamais.

Réveille-toi, vainqueur des Pyramides,
De tes guerriers reconnais les débris;
Ils ont marqué ta place aux Invalides,
Près du tombeau de tes anciens amis.

Napoléon, sur les bords de la Seine,
Parmi les preux tant aimés de ton cœur,
Viens oublier ton exil et ta peine,
Viens reposer au temple de l'honneur.
Tous les héros que l'inflexible Parque
A respectés, malgré tous nos revers,
Viendront veiller sur le puissant monarque
Qui fit jadis trembler tout l'univers.

CONSOLATIONS AUX PAUVRES.

Air : *Moi, je flâne.*

La richesse,
La richesse
N'engendre pas l'allégresse;
La richesse,
La richesse
Cause souvent
Du tourment.

Voyez donc ce financier
Dont si grande est la fortune,
Que toujours sur sa pécune
Il est forcé de veiller.
Dans ma modeste retraite,
Quand le soir est arrivé,
Je dors près de ma Suzette
Sans crainte d'être volé.

La richesse,
La richesse
N'engendre pas l'allégresse ;
La richesse,
La richesse
Cause souvent
Du tourment.

Content de sa pauvreté,
Thomas, au cinquième étage,
Du produit de son ouvrage
Vivait sans anxiété,
Quand d'un subit héritage
Soudainement enrichi,
Sa bonne humeur déménage
Et fait place au noir souci.

La richesse,
La richesse
N'engendre pas l'allégresse ;

La richesse,
La richesse
Cause souvent
Du tourment.

Je n'éprouve aucuns regrets
Quand je vois la mine austère
De ce gros propriétaire
Qui du feu craint les effets.
Dans mon solitaire asile,
En composant mes chansons,
Je suis beaucoup plus tranquille,
Car je n'ai pas de maisons.

La richesse,
La richesse
N'engendre pas l'allégresse ;
La richesse,
La richesse
Cause souvent
Du tourment.

Cet homme qui d'amasser
S'est fait une loi suprême,
Et qui, bourreau de lui-même,
De tout se laisse manquer,
Un jour de sa ladrerie
Recevra le châtiment,
Et terminera sa vie
A côté de son argent.

La richesse,
La richesse
N'engendre pas l'allégresse ;
La richesse,
La richesse
Cause souvent
Du tourment.

Bannissons le noir chagrin,
Joyeux enfants de la treille ;
Vidons plus d'une bouteille
De beaune ou de chambertin.
Amis, narguons l'opulence,
Et que chacun à l'instant,
Content de son indigence,
Répète joyeusement :

La richesse,
La richesse
N'engendre pas l'allégresse ;
La richesse,
La richesse
Cause souvent
Du tourment.

L'HORRIBLE ATTENTAT.

Air de *Marianne.*

Entonnons un chant d'allégresse !
Notre roi, par un heureux sort,
Se conserve à notre tendresse :
Vive le roi qui n'est pas mort !
Monstre inhumain,
Républicain,
On a trouvé ton affreux pistolet;
Mais c'est en vain,
Vil assassin,
Que tu conçus ton infâme projet.
De Dieu la suprême puissance
Contre vous tous protégera
Philippe, qui toujours fera
Le bonheur de la France. (*ter.*)

Gisquet s'écrie : « Il faut qu'on frappe
« Partout, et sans rémission ;
« S'il faut que le coupable échappe,
« Je donne ma démission....
« Que la justice
« Enfin sévisse,

« Que ce forfait vite soit expié ;
« Que les complices,
« Dans les supplices
« Trouvent la mort... surtout plus de pitié !
« Car, si nous laissons sans vengeance
« Un si criminel attentat,
« Plus de sûreté pour l'État,
« De bonheur pour la France ! »

Alors Persil, cet homme habile,
Qui voit des coupables partout,
Dit à Gisquet : « Restez tranquille,
« Quant à moi, je réponds de tout.
« Ne craignez rien,
« Je saurai bien
« Mettre avant peu la main sur ce vaurien.
« Si dès demain,
« Ce galérien
« N'est attrapé, j'y perdrai mon latin.
« D'ailleurs, en semblable occurrence,
« J'ai toujours, je dois l'avouer,
« Cent suspects à sacrifier
« Au bonheur de la France ! »

L'EXILÉ.

AIR : *Adieu, mon beau navire.*

O ma belle patrie,
Exilé (*bis*) loin de toi,
Tous les jours je m'écrie :
« France (*bis*), rappelle-moi ! »

Faut-il donc, belle France,
Objet de mon amour,
Perdre toute espérance
De te revoir un jour ?
Seul espoir (*bis*) qui me reste,
Ne m'abandonne pas,
Car sans toi, je l'atteste,
Mieux vaudrait (*bis*) le trépas !

O ma belle patrie,
Exilé (*bis*) loin de toi,
Tous les jours je m'écrie :
« France (*bis*), rappelle-moi ! »

Sur la plage lointaine
Où j'erre tristement,

Je ne trouve à ma peine
Aucun allègement.
Et d'une voix (*bis*) plaintive,
Je vais dire aux échos :
« Portez sur l'autre rive
« Le récit (*bis*) de mes maux.

O ma belle patrie,
Exilé (*bis*) loin de toi,
Tous les jours je m'écrie :
« France (*bis*), rappelle-moi. »

Quand je vois un navire
Voguant vers mon pays,
Je gémis, je soupire,
Je pense à mes amis.
Je me dis (*bis*) : « De ma mère
« Qui fermera les yeux ?
« O France qui m'es chère,
« Rends un fils (*bis*) à ses vœux ! »

O ma belle patrie,
Exilé (*bis*) loin de toi,
Tous les jours je m'écrie :
« France (*bis*), rappelle-moi ! »

O Dieu dont la puissance
Fait et défait les rois,
J'implore ta clémence ;
De grâce, entends ma voix.

Mon cœur (*bis*) dans cette vie
Ne forme qu'un désir :
Rentrer dans ma patrie,
La revoir (*bis*).... et mourir !

O ma belle patrie,
Exilé (*bis*) loin de toi,
Tous les jours je m'écrie :
« France (*bis*), rappelle-moi ! »

HENRIETTE ET FRANÇOIS.

Air à faire.

Henriette, reçois
De ton ami François,
Sans crainte ni détour,
Un doux gage d'amour...
A genoux il t'implore,
Et jure qu'il t'adore
Du plus brûlant amour,
Comme le premier jour.

Comme le premier jour,
Il t'offre son amour,
Parce qu'au tien il croit :
C'est son bien, c'est son droit.
A genoux il t'implore.
De grâce, dis encore
Que tu l'aimes d'amour,
Comme le premier jour.

Comme le premier jour,
Si tu l'aimes d'amour,
Il engage sa foi
A ne chérir que toi.
Ce bonheur qu'il implore,
D'un beau jour est l'aurore,
Si tu l'aimes d'amour,
Comme le premier jour.

ODETTE,

Compagne de Charles VI pendant sa démence.

En chassant, un jour, Isabelle
Me dit en s'abritant chez moi :
« Veux-tu, charmante pastourelle,
« Tenter de guérir ton vieux roi ?
« Si, par tes brûlantes caresses,
« Tu le rendais à la raison,
« Je te comblerais de richesses,
« Et j'anoblirais ta maison. »

« Eh quoi ! vous voulez, grande reine,
« Que, confiante en mes attaits,
« Moi, pauvre fille, j'entreprenne
« De rendre un prince à ses sujets !
« A votre prière je cède,
« Car j'ai l'espoir au fond du cœur
« Que, si le ciel me vient en aide,
« Je pourrai calmer sa douleur. »

LE DAUPHIN, à Odette.

« Ah ! chère Odette, en toi j'espère,
« Cours égayer notre vieux roi ;

« Tâche d'adoucir sa misère,
« Et parle-lui souvent de moi.
« Hélas ! je compte sur ton zèle :
« Rappelle-lui qu'il m'a banni ;
« Dis-lui surtout, dis-lui, ma belle,
« Que son fils ne vit que pour lui.

ODETTE, répondant au Dauphin.

« Si pour rendre un fils à son père
« Le ciel veut se servir de moi,
« En même temps je serais fière
« De rendre à la France son roi.
« Alors Charles, plein de vaillance,
« De l'Anglais vaincra la fierté,
« Et l'on verra renaître en France
« Et la paix et la liberté. »

LE DAUPHIN.

« A ta voix Dunois et Xaintrailles
« Iront du roi briser les fers ;
« Puis, au milieu de cent batailles,
« Effacer nos anciens revers.
« Dis-leur que la France leur crie :
« Ne prenez trêve ni repos ;
« Allez sauver votre patrie,
« Et votre honneur, et vos drapeaux. »

JE SUIS PRÉSENT,

JE SUIS TOUJOURS ABSENT.

Air final des *Deux Edmond*.

Au sein d'un repas délectable,
Faut-il passer la nuit à table,
Tout en riant, chantant, buvant,
Je suis présent. (*bis.*)
Pour ces festins où la sottise
N'admet pas l'aimable franchise,
Où l'ennui vous gagne en entrant,
Je suis toujours absent. (*bis.*)

Avec une jeune fillette,
Faut-il folâtrer sur l'herbette,
Ou goûter un bonheur plus grand,
Je suis présent.
Mais qu'une vieille, peu cruelle,
Cherche à m'attirer auprès d'elle,
Pour faire de moi son amant,
Je suis toujours absent.

De bons amis qu'une cohorte
De grand matin frappe à ma porte,
Pour les recevoir à l'instant,
Je suis présent.
Mais pour l'ennuyeux personnage,
Dont l'insipide bavardage
D'un auditeur fait le tourment,
Je suis toujours absent.

Faut-il, avec délicatesse,
Venir en aide à la détresse
D'un obscur et faible indigent,
Je suis présent.
Mais pour le fripon plein d'audace,
Qui, par mainte et mainte grimace,
Tente d'attendrir le passant,
Je suis toujours absent.

Faut-il voler à la défense
De notre belle et chère France,
Pour elle verser tout mon sang,
Je suis présent.
Mais dans les horreurs de la guerre,
Faut-il d'une pauvre chaumière
Troubler le paisible habitant,
Je suis toujours absent.

Tandis que je suis sur la terre,
Entre ma bouteille et mon verre,

Faut-il boire avec tout venant,
Je suis présent ;
Car lorsque la Parque inhumaine
De mes jours brisera la chaîne,
Je ne pourrai, dans cet instant,
Dire : Je suis absent.

AUX POLONAIS.

ODE.

Partez, braves enfants de la noble Vistule,
Pour vous l'heure a sonné ;
Partez, et que bientôt à votre aspect recule
Le Sarmate étonné !

Trop longtemps vos bourreaux gardèrent Cracovie ;
Ils disaient, pleins d'orgueil :
« Plus de crainte ! à jamais la Pologne asservie
« Repose en son cercueil ;

« Et les Français, hélas ! sur le bord de la Seine,
« Sous le joug endormis,
« De leur gloire oublieux, se souviennent à peine
« De leurs anciens amis. »

Ils disaient.... Mais enfin notre France lassée
Dans un jour de fureur,
A balayé d'un flot de colère amassée
Un roi fourbe et trompeur.

Frères en gloire, allez, affrontez la mitraille
Au milieu des combats ;
Et quand vous livrerez la suprême bataille,
Nos vœux suivront vos pas.

Puissions-nous voir bientôt aux murs de Varsovie.
A Lemberg, à Grodno,
A Posen, et partout, flotter de la patrie
L'héroïque drapeau.

Courez, braves guerriers, volez, vaillante race,
Et que la liberté
D'un partage odieux, avant trois mois, efface
La grande iniquité.

Si le sort trahissait, dans sa folle inconstance,
Votre effort surhumain,
La France jetterait encor dans la balance
Son glaive souverain !

LA DEVISE NATIONALE.

Auguste et sainte Liberté,
A l'homme tu fus toujours chère ;
Mais bien qu'à chaque instant ton beau nom fût cité,
Longtemps tu fus une chimère.
Puisses-tu désormais régner sur les mortels !
Puisse chacun te rendre hommage,
Et, brisant à jamais les fers de l'esclavage,
Te dresser partout des autels !

Et toi, son immortelle sœur,
Égalité pure et divine,
Fais-nous goûter enfin le charme et la douceur
De ton ineffable doctrine.
Apprends à l'insensé qui méconnut tes droits
Que ton joug est doux et facile,
Et bientôt l'univers, à tes avis docile,
Viendra se ranger sous tes lois.

Au mot seul de Fraternité,
L'homme sent au fond de son âme

Je ne sais quel rayon de la Divinité
Qui soudain l'anime et l'enflamme.
Profondément touché des maux de son prochain,
Il prend en pitié sa misère;
Dans chaque infortuné reconnaissant un frère,
Il partage avec lui son pain.

FIN.

TABLE DES MATIÈRES.

Pages.

FIN DE LA TABLE.

Typ Wittersheim, rue Montmorency, 8.

www.ingramcontent.com/pod-product-compliance
Ingram Content Group UK Ltd.
Pitfield, Milton Keynes, MK11 3LW, UK
UKHW020226220726
13923UKWH00002B/535